DIE INSELKRÄHE VON MIROW

Ein Roman in Briefen

Frank Pergande

Die INSELKRÄHE von Mirow

HINSTORFF

Halb Berlin eilt nach Strelitz, um die glückliche Prinzessin zu sehen, die das Schicksal auf einen so schönen Königsthron setzt.

Ernst Ahasverus von Lehndorff in seinem Tagebuch, 1. August 1761

Am Rondell entsteht ein Tumult

An Ernst Ahasverus Graf von Lehndorff,
Kammerherr der Königin von Preußen

Mirow, Freitag, 10. April 1761

Mein hochwohlgeborener Freund und Graf,
»Verdammt«, sagte die Herzogin.

Aber nein, Graf, so kann ich nicht beginnen, obgleich es ein schöner Anfang wäre. Ihr beklagt Euch, meine Briefe aus Mirow seien genauso langweilig wie der ganze Mirower Hof. Da seid Ihr ungerecht.

Erinnert Euch doch nur an die komischen Geschichten, die schon unser großer König, als er noch Kronprinz im benachbarten Rheinsberg war, über die Mirokesen, wie er sie nannte, erzählte. Wie sie den Prinzen von Mirow bei seinem Besuch in Rheinsberg durch den Regen gescheucht haben und es ihm den Seidenrock verdarb. Den einzigen, den er besaß.

Und was meinen Brief hier anbelangt, so trifft Euer Urteil schon gar nicht zu. Im Gegenteil. Ich empfehle Euch sogar, Euch beim Lesen an Euren prächtigen Bureau Plat zu setzen. Habt Ihr ihn noch, Euren mit Rosenholz und Amarant furnierten Schreibtisch, der mir so gefällt?

Setzt Euch dorthin, der Vorsicht wegen. Denn ich habe derart Aufregendes zu berichten, dass ich befürchte, Euch könnten die Knie zu früh den Dienst versagen, behieltet Ihr Eure Gewohnheit bei, Eure Post voller Ungeduld schon im Gehen und noch im Vorzimmer aufzureißen.

Woher ich so etwas weiß, Graf? Von Eurer Unart, mit der Post umzugehen? Nun, ein geschwätziges Dienstmädchen … Damals, als wir alle noch so schön in Berlin zusammensaßen. In unserer schönen preußischen Zeit. Unserer gemeinsamen Zeit. Damals, als ich auch Euren Bureau Plat kennenzulernen die Ehre hatte. Ein Geschenk Ihrer Majestät, der Königin, wie erzählt wird.

Da schreibe ich leichthin: damals. So lange liegt es noch nicht zurück. Aber was ich zu berichten habe, ist so bemerkenswert, dass mir alles Davor wie ein Damals vorkommt. Also: »Verdammt«, sagte die Herzogin, als sie den Toten sah.

Alles hatte schon mit einem schlimmen Vorzeichen begonnen. Die Herzogin und wir Hofdamen saßen wie gewöhnlich beim Sticken. Die Rauchbar, an der ein Kerl verloren gegangen ist, so hochgewachsen ist sie und kräftig und trägt einen Damenbart, weshalb ich sie für mich Rauchbart nenne, ließ ihr Stickzeug in den Schoß sinken. Genau in jenem Augenblick wurde der freundliche Himmel laut verdunkelt.

»Die Krähen!«, rief Rauchbart.

Die Inselkrähen nisten so zahlreich in den Bäumen um die Kirche herum, dass sie manche Stunde des Tages mit ihrem Gekrächz füllen.

»Alle auf einmal«, sagte ich.

Das konnte kaum an Rauchbart und an dem leisen Quietschen der Räder ihres Stickrahmens gelegen haben. Auch wenn eines der Fenster an diesem frühen Nachmittag geöffnet stand, denn der Frühling ist da. Es konnte auch nicht an meinem etwas erregten Luftholen gelegen haben. Ich war ein Weniges im Schloss zu spät erschienen und hatte die Treppen hinaufeilen müssen. Die Herzogin hatte es aber mit Huld aufgenommen und sogar über mein rotes Gesicht gnädig gelächelt.

Nein, ein anderes, ein viel lauteres Geräusch musste die Krähen auf unserer Schlossinsel aufgescheucht haben.

»Da kommt Besuch«, wunderte sich die Herzogin.

Und richtig, eine Kutsche mit zwei vorgespannten Pferden donnerte eben durch das Torhaus. Wir alle sahen auf. Alle Damen der bei der Herzogin versammelten Gesellschaft. Und weil eine Kutsche in unserer Mirower Einsamkeit schon als Ereignis gelten darf, erhoben wir uns rasch.

»An die Fenster!«, bellte Rauchbart.

Wir wären aber auch ohne ihren Befehl in den gleich nebenan liegenden Festsaal geeilt. Wir durchquerten ihn in seiner ganzen Länge – beinahe so, wie man an der prächtigen Stuckdecke die Putten mit den Tafelaufsätzen in den Händen dahineilen sieht. Endlich standen wir an jenen Fenstern des Saals, die auf den Schlossvorplatz zeigen.

Dem Schloss gegenüber erhebt sich das Kavaliergebäude, das Ihr vielleicht noch gar nicht kennt. Es ist kürzlich erst fertig geworden, und sein Prunkstück ist eine formidable Küche. Zwischen beiden Gebäuden erstreckt sich ein Rondell.

Die Pferde hatten den kleinen Platz eben fast noch im Galopp erreicht und so viel Schwung, dass der Kutscher sie gleich zweimal um das frühlingsbunte Beet traben ließ.

Endlich brachte er die Kutsche zum Stehen. Sein Auftritt hatte auch im Kavalierhaus die halbe Dienerschaft an die Fenster und in die weit geöffnete Tür gelockt.

Wer in der Kutsche saß, konnten wir nicht erkennen. Die Vorhänge waren halb zugezogen. Unser Hofmohr Philipp sprang hinzu, den Schlag zu öffnen.

Philipp ist eigentlich von anbetungswürdiger Gestalt, wenn nur die entsetzlichen Plattfüße nicht wären, auf denen er durch das Leben watschelt. Philipp lächelt gern, weil er dann seine kräftigen Zähne entblößen kann. Aber, Graf, diesmal sollte ihm sein strahlend weißes Lachen vergehen.

Er öffnete den Schlag. Es stieg auch jemand aus. Oder nein: Dieser Jemand fiel Philipp um den Hals. Ich hatte von oben gleich die merkwürdigen Flecken auf dem Holz des Einstiegs bemerkt. Schon als der Kutscher »Brr« gerufen hatte.

Der Mann aus der Kutsche war durch die rasche Rondellfahrt offenbar derart gegen die Innentür gedrückt worden, dass er, als die Tür schließlich geöffnet wurde, sogleich herausfiel. Direkt in des Hofmohren Arme. Der Reisende selbst konnte das nicht mehr beeinflussen. Ihm steckte ein Dolch tief in der Brust. Hineingerammt bis zum Griff und fürchterlich blutbeschmiert.

Und nun also sagte die Herzogin: »Verdammt.«

Jeder, der auf dem Hof stand oder aus dem Fenster schaute, bemerkte, auch wenn er den Toten nicht gleich sehen konnte, dass etwas Schreckliches passiert sein musste. Nur der Kutscher saß mit geradem Rücken zum Geschehen und sprach leise auf die Pferde ein. Er drehte sich erst um, als schon alles durcheinander schrie. Ich sah sein tiefrotes Gesicht kurz aufscheinen. Dann, als er den Toten erblickte, verfärbte es sich schlagartig ins Leichenblasse.

Wie wir nun alle durcheinander riefen, Graf, da hätte es wohl niemanden verwundert, wenn der Krähenschwarm an der Kirche noch einmal aufgestiegen wäre. Aber von den Krähen war nichts mehr zu hören, als wären sie erschrocken von allem Lärm auf der Insel, den sie nicht selbst verursachen. Der Hofmohr ließ den Toten auf den Erdboden fallen und lief schreiend davon. Aber was heißt schon: lief. Es war, als würde sich eine Ente laut schnatternd davonmachen.

Der Kutscher sprang nach der linken Seite vom Bock herunter, als wollte er fliehen. Die Dienerschaft kam neugierig um das Rondell herum, sah endlich den Toten vor dem Schloss liegen und sprang sogleich kreischend durcheinander.

Oben bei uns im Saal sank die arme Frau von Grabow der Rauchbar ohnmächtig in die Arme. Die Kosboth mit ihrem Kätzchengesicht rüttelte erstaunlich kraftvoll, aber vergeblich an einem der Saalfenster, als wollte sie von oben um Hilfe rufen oder gleich selbst als Hilfe in den Hof springen. Die Herzogin aber, die das Leben kennt und übrigens sehr krank ist, rief nur: »Mon dieu, bringt mich hinunter.«

Ich tat mein Bestes, die durchlauchtigste Herzogin zu stützen. Sie kann kaum noch laufen. Die Treppen machen ihr große Schwierigkeiten. Vor allem das Hinuntersteigen.

Wohin wäre es wohl in all dem Durcheinander gekommen, wenn nicht in eben dem Augenblick zwei Herren aus Richtung der Kirche herübergeeilt wären, als ich mit der Herzogin im Arm den Vorplatz erreichte. Gleich musste ich wieder an unsere Inselkrähen denken. Wegen des Anblicks, den die beiden Herren in ihren wehenden schwarzen Mänteln boten. Und wie sie beim Laufen heftig mit ihren Armen ruderten. Wie Flügelschlagen sah das aus. Als flatterten zwei Riesenkrähen heran.

Es waren dies unser Mirower Pastor Leithäuser und der Drost von Raden. Leithäuser, kaum dass er rasch einen Blick auf den Toten geworfen hatte, nahm sich sogleich umsichtig der Herzogin an: »Meine Freundin, darf ich Euch bitten, hier entlang. Macht Platz. Macht doch Platz für Durchlaucht.«

Er gab sich alle Mühe, sie ins Schloss zurückzuführen, und tätschelte dabei verstohlen ihre kleine Hand.

Die Herzogin aber blieb in der Pforte stehen. Sie drehte sich noch einmal um, bis ihr Blick, der manchmal etwas Stechendes hat, auf den Drosten fiel.

Erstaunlich gefasst sagte sie mit lauter Stimme, damit es alle Umstehenden hören konnten: »Raden, lasst mich nicht aussprechen, womit wir es hier zu tun haben. Ein schreckliches Wort, das wir auf unserer Insel noch nie haben aussprechen müssen. Kümmert Euch darum. Klärt das auf. Lasst mich wissen, wer dieser Tote ist, wer ihn zu Tode gebracht hat und vor allem weshalb. Bringt den Schuldigen vor Gericht.«

Der Drost verbeugte sich und sagte beinahe gelassen: »Es soll nach Eurem Willen geschehen, Fürstin.«

Kaum hatte sich die Pforte hinter Elisabeth Albertine und dem Pastor geschlossen, ordnete er mit seiner etwas belegten Bassstimme, bei der die Hofdamen für gewöhnlich dahinzuschmelzen pflegen, alles Notwendige an.

»Schafft die Leiche fort. Ins Schloss mit ihr. Ich will sie mir dort noch näher besehen. Weiß jemand, wer das ist? Und nehmt den Kutscher vorläufig fest. Die Kutsche fährt zur Remise. Und dann fort mit Euch an die Arbeit.«

Alle folgten seinen Anweisungen. Er sollte, finde ich, endlich Kammerherr beim Herzog in Neustrelitz werden, wie es sein Wunsch ist.

Kennt Ihr ihn übrigens? Wilhelm von Raden? Aus seiner preußischen Zeit? Man erzählt, er sei beim großen König in Ungnade gefallen. Angeblich weil er eine Festung, die er halten sollte, dem Feind übergeben hat. Es muss viele Jahre zurückliegen, und er wird seine Gründe gehabt haben zu kapitulieren. Er quittierte jedenfalls nach der Geschichte den Dienst und zog nach Strelitz. Manche sagen sogar: Er floh nach Strelitz.

Wenn Ihr mehr über ihn wisst, erzählt mir davon. Er ist eine Erscheinung am Hof der Mirokesen. Nicht besonders groß, aber kräftig. Er hat das lange, gespaltene Kinn eines Entschlossenen. Auch seine Nase ist lang, als strebte sie der Länge des Kinns nach. Und erst die Augenbrauen. Ein dichtes und dunkles Unterholz. Er zuckt mit der rechten Augenbraue, wenn er seinen Willen bekräftigen will. Allein dieses Zucken wäre eines Zeus würdig, Graf. Er sollte als Göttervater in einer unserer Maskeraden mitwirken, wenn wir wieder einmal ein Schauspiel geben im Festsaal. Der Beifall aller wäre ihm sicher. Ich muss ihn gelegentlich deswegen fragen.

Ach, Graf, ich müsste mich vor so viel Männlichkeit fürchten, würde das Bild Radens nicht durch apfelrote, schon etwas hängende Backen gemildert. Vor allem aber durch Radens schwermütiges Wesen und seinen traurigen Blick aus halb geschlossenen Augen, die zum wilden Gestrüpp der Brauen darüber nicht recht passen wollen. Preußen habe ihn zerbrochen, sagen die Mirokesen. Hinter vorgehaltener Hand, versteht sich. Die Mirokesen lieben die vorgehaltene Hand. Hier wird nur hinter vorgehaltener Hand geredet.

Man habe Raden noch nie lachen sehen, sagt sogar Pastor Leithäuser. Ich aber glaube, dass all das Schwermütige am Drosten als eine Tarnung daherkommt. Sein trauriger Blick hat etwas von der Schläfrigkeit eines Wachhundes. Auf dem Schlossvorhof fühlte ich mich bestätigt. Wie er da entschlossen die Sache in die Hand nahm und dabei ein paar Mal mit der rechten Augenbraue zuckte – wie Zeus. Und jeder fügte sich sogleich seinem Befehl.

Also brachte man die Leiche in das Schloss und nahm den Kutscher im Kavalierhaus in Gewahrsam. Ein Stallknecht führte Pferde und Kutsche hinüber zu dem Stallgebäude, das sie hier Remise nennen. Und schließlich zerstreute sich der Hofstaat nach und nach wieder.

Raden wandte sich an mich, die ich wie zufällig neben ihm stand, und sagte: »Welch Glück, dass unsere Prinzessin das hier nicht mit ansehen musste. Es würde das Mädchen ganz verstören. Wo ist die Prinzessin überhaupt?«

»Drüben im Unteren Schloss. Der Tanzmeister ist gerade da«, antwortete ich.

»Der Tanzmeister«, schnaufte von Raden, »so, so, der Tanzmeister.«

Er schritt dabei schon in Richtung Remise. Ich aber, meine Röcke raffend, eilte ihm nach.

Nun muss ich Euch gestehen, Graf, es war kein Zufall gewesen, dass ich neben dem Drosten stand, als er nach der Prinzessin fragte. Ich hatte mich neben ihn gedrängt, weil …

Ach, was soll ich Euch das umständlich erklären. Ihr wisst es doch. Eine Leiche mit einem Dolch in der Brust ist ganz nach meinem Geschmack. Ich wollte sehen, wie der zu Schwermut neigende Wachhund Raden die Sache aufklärt. Nein, ich wollte es nicht nur sehen, ich wollte dabei sein.

»Unsere Prinzessin wird Euch erwarten, Fräulein. Oder wollt Ihr mir jetzt überallhin folgen?« meinte Raden missmutig und blieb abrupt stehen, so dass ich beinahe gegen ihn geprallt wäre. Er sah mich aus seinen grauen Augen durchdringend an. Harmlose Augen eigentlich. Aber, mein Freund, sie verlieren alles Harmlose, wenn sie einen so durchdringend anschauen. Als würden sie einen durchschauen, dachte ich.

Aber ich ließ mich nicht abschütteln. Ich sagte vielmehr: »Habt Ihr die Flecke gesehen?« Ich dachte noch, wenn er jetzt fragt: Welche Flecke?, dann würde er mich so schnell nicht wegschicken. Dann nämlich hatte ich mehr gesehen

als er. Dann hätte ich gewonnen. Dann würde er mir erlauben, an seiner Seite zu bleiben.

»Welche Flecke?«, kam es prompt. Ich frohlockte, natürlich ohne mir etwas anmerken zu lassen.

»Die auf dem Tritt.«

»Ja, und?«

»Blut.«

Da standen wir auch schon vor den hohen Rädern der Kutsche. Ich führte Raden zu dem besudelten Trittbrett. Er nickte anerkennend.

»Blut, in der Tat. Als wäre es aus dem Inneren geschwappt, nicht wahr? Und es war schon da, bevor der Tote ausstieg? Seid Ihr Euch sicher?«

»Ganz bestimmt. Ich sah es oben vom Saal aus.«

Der Drost ging um die Kutsche herum. Die Pferde waren ausgespannt. Auf der anderen Seite stieg er auf das dortige Trittbrett, das ohne Blut, und öffnete den Schlag. Beide sahen wir die Blutflecke auf dem Sitzpolster. Beide sahen wir das Felleisen auf dem Boden des Gefährts. Es war offenbar vom Sitz heruntergerutscht und lag nun kopfüber, weit geöffnet. Raden hob es auf. Es war schmucklos. Vor allem aber: Es war leer.

»Was mag darin gewesen sein?«, meinte der Drost, mehr zu sich.

Er dürfte mit Staunen bemerkt haben, dass ihm jemand antwortete, ich nämlich: »Vielleicht die Erklärung dafür, weshalb jemand sterben musste.«

Aber er ließ sich nichts anmerken. Er runzelte die Stirn: »Da habt Ihr wohl recht, schönes Fräulein, hier ist einer gewaltsam zu Tode gebracht worden. Sehr gewaltsam. Daran können wir nicht mehr zweifeln.«

Wir untersuchten noch das hinten auf der Kutsche aufgeschnallte Gepäck, konnten aber nichts finden, was unsere Aufmerksamkeit hätte erregen können. Schließlich gingen wir in das Kavalierhaus und befragten den Kutscher, der vor lauter Aufregung furchtbar stotterte. Was wir nach einer Zeit mühevoll herausfanden: Der Kutscher stammt aus Mirow, heißt Niemann, Gottlieb Niemann, und verdingt sich mit seinem Fuhrwerk. Er wisse auch nicht, wer der Mann war, den er da gefahren und im Krug zu Buchholz noch lebendig gesehen habe, wenn auch nur kurz beim Einsteigen.

»Grützke hett mi halen laten.«

»Grützke?«, fragte der Drost.

»De Kräuger von Bauk-holt. Hei hett seggt: Führ em na Mirow hen, oewer 'n bäten fixing. Du – du holl blots nich an unnerwägens«

Wie der merkwürdige Reisende aber zuvor nach Buchholz gekommen war, wie und wann er den Tod gefunden hatte – unser Kutscher wusste es nicht zu sagen. Nur das wusste er mit Bestimmtheit: Von Buchholz aus waren sie tatsächlich ohne weiteren Aufenthalt bis nach Mirow gefahren. Und zwar so, wie der Wirt Grützke es ihm aufgetragen hatte: 'n bäten fixing. Die Reise war auch schon in Buchholz bezahlt worden.

»Für-st-li-ch«, wie Niemann stotterte. »Drei Reichs-daler.«

Auf die Leiche warfen wir dann auch noch einen Blick, bevor Pastor Leithäuser sie abholen ließ.

»Das rechte Ohrläppchen lädiert. Eigentlich nicht mehr vorhanden. Sonst keine äußeren Auffälligkeiten«, murmelte der Drost. Dann begann er, die Kleidung des Mannes zu untersuchen, fand aber nur ein Sacktuch, ein paar Schlüssel und einen wohlgefüllten Geldsack. Schließlich entdeckte er in der Innentasche aber doch noch etwas, das vielleicht eine Spur sein könnte. Es war ein durch die Umstände arg lädiertes, blutbesudeltes kleines Buch, das der Drost mir in die Hand drückte.

»Bewahrt das auf«, sagte er. »Geraubt wurde anscheinend nichts, jedenfalls nichts Persönliches.«

»Nein. Sonst wären wohl auch die beiden Ringe an seinen Fingern nicht mehr da. Sie sehen wertvoll aus«, erwiderte ich.

Raden zuckte mit der Augenbraue. Oder hatte ich mir das nur eingebildet? »Schaut hier«, sagte er, als er die Untersuchung der Leiche fortsetzte. »Unter den zwei Fingernägeln sehe ich irgendwelche Stofffäden. Nun, Fäden ist beinahe zu viel gesagt. Farbe grün. Was meint Ihr?«

»Ja. Er hat sich offenbar gewehrt, der gute Mann.«

»Aber es kann nur schwache Gegenwehr gewesen sein. Sonst müssten die Hände ganz anders aussehen. Mehr verkrampft, denke ich. Und wir würden mehr Fäden finden. Aber schaut doch mal, was das für ein Buch ist.«

Ich blätterte und staunte. Es waren die »Freyen Betrachtungen über die Psalme Davids«. Ein Buch, das am Mirower Hof jeder kennt. Jedenfalls dem Namen nach. Dass es unter den Mirokesen auch Leser findet, Graf, ziehe ich in Zweifel. Ich jedenfalls gehörte bislang nicht dazu. Ich halte es lieber mit Romanen, die von edlen Rittern handeln. Oder von unheimlichen Geistern.

»Betrachtungen über die Psalme Davids?«, fragte der Drost und zog nachdenklich seine Augenbrauen zusammen. »Das Buch von der Grabow?«

»Ja. Und vorn steht auch noch mit Hand geschrieben etwas drin. Moment. Es ist ein bisschen schwer zu entziffern. Ah, ich habe es: ›Verzeih ihm‹. Eine Unterschrift gibt es auch. Helene. Helene könnte das heißen.«

»Wer mag Helene sein?«

Ich zuckte mit den Schultern.

Zuletzt zog Raden mit einem Ruck, bei dem ich wegschauen musste, den Dolch an dessen fein gearbeitetem Griff aus dem Toten und besah ihn sich näher. Ein Schreiber wurde herbeigerufen, um zu protokollieren, was der

Drost sagte: »Eine tiefe Wunde, nicht ganz einen Zoll lang. Der Stich ist zwischen der vierten und fünften Rippe in das Herz eingedrungen.« Und zu mir gewandt setzte er hinzu: »Schaut nur, Fräulein. Der Dolch wurde zwei Finger weiter links angesetzt, nicht besonders treffsicher, würde ich sagen. Aber da war das Buch in der Innentasche im Wege. Der Dolch rutschte ab und – glitt mitten ins Herz.«

»Die Grabow hat ihm das Leben gekostet«, erwiderte ich.

»Ach, was. Wir wollen die Wirkung von erbaulicher Literatur nicht überbewerten, Gagern. Die Wunde war so oder so schrecklich. Er hätte es nicht überlebt. Vielleicht hätte er ohne die Tröstungen des Buches nur etwas länger gelitten, der Arme.«

Zum Schreiber sagte der Drost: »Hat Er alles? Gut, fertige Er gleich drei Kopien.« Damit war der Schreiber entlassen. Er hatte während seiner Anwesenheit nicht ein Wort gesagt. Sein Gesicht war blass wie bei Menschen, die nicht oft an die frische Luft kommen. Aber im Angesicht der Leiche war es noch fahler geworden. Er schien froh, als der Drost ihn entlassen hatte, und sprang mit großen, beinahe freudigen Schritten davon.

»Ein schönes Stück, dieser Dolch«, wandte Raden sich wieder an mich. »Hübsche Arbeit. Ein elegantes Mordinstrument.«

»Der Dolch einer Dame, würde ich sagen«, wagte ich einzuwenden.

»Tragen Damen Dolche mit sich herum? Für Maniküre? Für Morde?«

Er deckte ein Tuch über die Leiche und wandte sich zum Gehen.

Hätte ich ihm meinen zierlichen Dolch zeigen sollen?

»Ihr habt auch keine Ahnung, wer der Tote ist?«, fragte er mich.

»Mir scheint, niemand hier weiß es.«

»Die Herzogin vielleicht?«

»Durchlaucht kennt den Mann nicht, da bin ich mir sicher. Durchlaucht hatte auch niemanden erwartet.«

»Eine der Hofdamen?«

»Die Grabow? Sie ist gleich in Ohnmacht gefallen. Der Rauchbar in die Arme.«

Der Drost grunzte: »Den umgekehrten Fall stellen wir uns lieber gar nicht erst vor. Die schmale Grabow wäre mit der Rauchbar zu Boden gegangen. Meint Ihr, die Grabow hat mit der Sache zu tun? Wo doch ihr Buch …«

»Ich glaube, sie kann einfach kein Blut sehen.«

»Das glaube ich eigentlich auch. Das Buch ist vielleicht nur ein Zufall. Ein Reisender, der auf Zerstreuung aus war.«

»Soweit bei Erbaulichem von Zerstreuung die Rede sein kann«, erwiderte ich, konnte aber nicht erkennen, ob Raden mir meinen Spott nachsah. Nach einer Pause setzte ich hinzu: »Und das ›Verzeih ihm‹?«

»Ach, das kann nun viel bedeuten.«

»Die Kosboth jedenfalls wäre vorhin im Angesicht des erdolchten Gastes beinahe aus dem Fenster gesprungen. Vielleicht weiß sie etwas.«

Darauf aber antwortete der Drost nichts. Erst als wir wieder am Rondell standen, sagte er: »Nun, Buchholz, das ist ja fast so etwas wie eine Spur. Da werde ich den Grützke morgen mal besuchen. Er hat einen guten Küchenmeister da. Aber der ist wohl, genau genommen, seine Frau. Gute Nacht, Fräulein.«

Damit ließ der Rüpel mich doch tatsächlich stehen und stapfte davon. Er hinkt ein wenig. Eine Kriegsverletzung aus der preußischen Zeit, erzählt man sich am Hof.

Der Tanzmeister dürfte inzwischen fort sein. Bald bin ich mit dem Unterricht dran. Gutes Benehmen ist mein Fach bei der Prinzessin. Lacht nicht, Graf. Die Prinzessin kommt gern zu mir. Ihre Mutter, die Herzogin, darf das nicht wissen. Sie fände es gegen die Etikette, wenn sich ihre Tochter zu mir aufmachte und nicht ich zur Tochter gehe wie sonst. Die Mirokesen und ihre Etikette, lächerlich.

Ah, schon höre ich die Schritte der Prinzessin auf dem Flur. Sie ist zart gebaut, eigentlich. Fast ein bisschen zu schmal. Aber ihr Schritt ist so hart, dass die Bohlen unter ihren Füßen ächzen. Ein Trampel, denke ich manchmal. Das kommt von ihrem schlechten Gang. Wir haben da noch einiges zu tun, die Kleine und ich und der Tanzmeister. Bald siebzehn Jahre ist sie jetzt alt. Da können Sie sich, Graf, vorstellen, was den Hof mehr als alles andere beschäftigt: Heiratspläne. Irgendwo in Gotha oder Holstein wird man schon mitbekommen haben, dass da bei den Mirokesen eine Prinzessin aus gutem Haus auf ihre Hochzeit wartet. Eine Prinzessin aus uraltem Geschlecht, nicht wahr?

An Schönheit fehlt es ihr. Anmut müssen wir ihr noch beibringen. Aber es wird sich schon eine Partie finden, in Sangerhausen oder in Sondershausen. Oder Schwedt, wer weiß. Und dann ihr dunkler Teint und die strahlend weißen, kräftigen Zähne. Wie beim Hofmohren. Sogar ihr Gang erinnert entfernt an Philipp.

Doch still, da ist er schon an der Tür, unser kleiner Poltergeist. Ich muss schließen, mein Freund, so gern ich noch mit Euch weiter über die Mirokesen geplaudert hätte. In der Hoffnung, nein, in der Gewissheit, Euch für diesmal nicht allzu sehr ermüdet zu haben, verbleibe ich als Eure untertänigste Dienerin und ergebene Freundin

Luise Ernestine von Gagern

Jemand blickt durch ein Herz auf den Hof des Buchholzer Gasthofs

An Ernst Ahasverus Graf von Lehndorff,
Kammerherr der Königin von Preußen

Mirow, Montag, 13. April 1761

Mein hochwohlgeborener Freund und Graf,
wir waren also am Samstag in Buchholz. Wir! Drost von Raden und ich. Ich wusste es so einzurichten, dass Raden nicht umhinkonnte mich mitzunehmen. Es hat ihn zwar verstimmt, vielleicht weil er die weibliche Aufsicht fürchtete. Aber die Herzogin hatte für mich ein gutes Wort eingelegt.

Außerdem bin ich seit dem Auftritt des Toten meinen Verpflichtungen der Prinzessin gegenüber vorerst enthoben, habe also Zeit. Man brachte Charlotte nämlich für einige Tage nach Neustrelitz ins Schloss. Um ihr die Mirower Aufregung nach der Untat zu ersparen, hieß es bei Hofe.

Raden nahm die notdürftig gereinigte Kutsche, die tags zuvor den Toten zu uns gebracht hatte. Und Niemeier saß wieder auf dem Bock. Es war wieder ein schöner Frühlingstag. Die Vögel sangen. Ich freute mich auf den Ausflug.

In Mirow sprechen sie jetzt nicht mehr über eine künftige Heirat der Prinzessin, was bislang das Lieblingsthema der Unterhaltung war, sondern nur noch über den Toten. Der Drost hingegen in der Kutsche, auf dem Weg, über den Toten etwas mehr herauszufinden, sprach mit mir nur über die Prinzessin. Das heißt, er sprach eigentlich mit sich selbst. Nur hin und wieder wollte er wissen, was ich vom Lotchen halte. Er nennt sie so. Wir alle bei Hofe nennen sie so. Und was das Lotchen aus meinem Unterricht lerne, wollte er wissen.

Der Taufnahme der Prinzessin lautet Sophie Charlotte. Aber Sophie darf keiner zu ihr sagen. Das ist wegen der Neustrelitzer Tante, die Ihr, Graf, doch auch bestens kennt. Dorothea Sophie. In Mirow mag sie keiner leiden. Aber sie war dem Lotchen Taufpatin. Daher das ungeliebte Sophie zur Charlotte.

»Ich würde das Lotchen nach Plön verheiraten«, meinte der Drost, als wir an den letzten Häusern von Mirow vorüberrollten. »Aber da ist gerade kein Prinz frei, was?«

»Hauptsache nicht nach Preußen«, lachte ich. Ich hatte mit dieser Bemerkung auf die wunde Stelle bei Raden gezielt und – getroffen. Ihr wisst, Graf, dass ich gut zielen kann.

»Preußen?«, rief er. »Preußen! Niemals. Dann lieber nach Sonderhausen oder Sangershausen oder meinetwegen nach Schwerin.«

»Sondershausen oder Sangerhausen«, berichtigte ich ihn leise.

»Oder Schwedt«, grunzte er.

»Da ist auch kein Prinz frei. Nirgendwo ist da ein Prinz frei.«

»Man muss sie jedenfalls so verheiraten, dass ihr Gatte in Zukunft die Mirower Hofhaltung bezahlt.« Bei dieser Bemerkung zuckte die Augenbraue. Ich habe es deutlich gesehen. Raden verzog seinen üppigen Mund etwas. Und sein strenges Kinn sank auf das dicke Kissen, das der Hals bei ihm bildet.

So sieht bei diesem schwermütigen Mann die Heiterkeit aus, dachte ich.

»Aber niemals nach Preußen. Niemals Berlin!«, rief er noch einmal. Seine Stimme ist wirklich eindrucksvoll.

Das mit dem Geld für die Hofhaltung sollte ein Scherz sein, natürlich. Aber der Drost muss mir wirklich nichts erzählen von den Mirokesen und ihrer ewig leeren Schatulle. Wisst Ihr noch, Graf, wie Friedrich vor ein paar Jahren den Mirowern den Kirchturm spendierte? Nach dem Brand? Auch so eine amüsante Geschichte, was? Er tat es, weil Ihre Majestät, Eure Königin, ihm deswegen in den Ohren gelegen hatte.

Es war später Vormittag, als wir am Wirtshaus »Zu den drei Linden« vorfuhren. Niemann lenkte sein Gespann dorthin, wo es auch gestern gestanden hatte. Es war eine abgelegene Stelle auf dem weitläufigen Hof. Auf der linken Seite der Kutsche hätte sich jemand nähern können, ohne vom Wirtshaus oder vom Hof aus gesehen zu werden. Die linke Seite war die mit der Blutspur auf dem Tritt.

»Daraus können wir erst einmal nicht allzu viel ablesen, nicht wahr?«, sagte der Drost zu mir, während er ächzend ausstieg.

Ich war stolz. Er hatte »wir« gesagt.

»Aber wahrscheinlich passierte die Bluttat genau hier«, antwortete ich.

»Wahrscheinlich, aber nicht gewiss. Wir wollen fragen, ob jemand etwas gesehen hat«, erwiderte von Raden und ging hinüber zum Wirtshaus ohne sich darum zu bekümmern, ob ich auch folgen würde.

Buchholz ist ein großes Dorf am Südende der Müritz. Es liegt im Dreiländereck. Schwerin, Strelitz und Preußen stoßen dort aufeinander. Das Wirtshaus ist deshalb stets gut besucht. Wer weiß, was hier schon alles geschmuggelt worden ist. Hat unser Mord etwas mit Schmuggel zu tun? Wohl kaum, denn mit dem Schmuggel ist es eigentlich schon lange vorbei.

Oder Schmuggel nur insofern, dachte ich, dass sich ein Mörder in die Kutsche geschmuggelt hat. Wahrscheinlich hier auf dem Hof der »Drei Linden«. Und vermutlich nur für einen Augenblick. Eben für die Zeit, die es braucht, um jemandem einen Dolch ins Herz zu stoßen.

Als hätte der Drost meine Gedanken erraten, sagte er, als ich ihn eingeholt hatte: »Was passierte in der Kutsche? Ein kurzer Streit vielleicht, ein Kampf, ein gezückter Dolch, ein entschlossener Täter, eine kurze Gegenwehr, ein tödlicher Stich. Viel Blut. Oder vielleicht nicht einmal ein Kampf. Denn des Toten Gesicht hatte Überraschung gezeigt, nicht

Schmerz. Auch die Hände hätten sonst anders ausgesehen. Vielleicht, ja, wahrscheinlich hatte der Dolch das ruhig schlagende Herz eines Ahnungslosen getroffen. Eines ahnungslosen Mannes, der seinen Mörder kannte und ihm vertraute.«

»Eines Mannes, der seinen Mörder womöglich gerade hier, in der stillen Ecke des Gasthofes, erwartet hat.«

»Schon möglich.«

Unter diesen Worten betraten wir das Wirtshaus. Um diese Tageszeit war es noch ruhig. Der Raum lag dunkel, rauchgeschwängert und stickig da. Es roch nach dem Tabakqualm, nach Kohl und den menschlichen Ausdünstungen von gestern. Aber so wird es in den »Drei Linden« wohl immer riechen. Ich hatte nichts anderes erwartet und tat so, als würde ich Radens prüfend auf mich gerichteten Blick nicht bemerken: Ein Frauenzimmer, eine Hofdame noch dazu, an so einem dunklen, stinkenden Ort!

Gustav Grützke, der Wirt, ist ein Mann, der sein Lausbubengesicht auch im Alter nicht verliert. Das Alter ist bei Grützke nicht an den Falten im Gesicht zu erkennen, sondern an der Körperfülle. Altern heißt bei ihm, jedes Jahr einen neuen Ring anzusetzen. Wie die Linden, die seinen Gasthof auf der Straßenseite beschatten. Grützke verliert jedes Jahr vom runden Kopf ein Büschel Haare wie die Bäume im Herbst ihr Laub. Bis auf einmal keine Haare mehr zum Ausfallen da sind. Denn der Mensch ist ja kein Baum, der in jedem Frühjahr neue Knospen trägt. Und Grützke hat nur noch wenige Haarbüschel.

Er sah uns misstrauisch entgegen. Wirtsleute halten nicht viel davon, wenn der Drost bei ihnen auftaucht.

»Wer mit dem Niemann losgefahren ist? Ja, den Niemann hatte ich bestellt, das stimmt.«

»Wer hat die Bestellung überbracht?«, fragte der Drost.

»Die Postkutsche. Dem Postkutscher habe ich es gesagt. Das war am Donnerstag. Ich habe es dem Kutscher aufgetragen. Er besorgt so etwas zuverlässig.«

»Aber unser Mann hätte doch mit der Postkutsche gleich nach Mirow fahren können.«

»Die war viel zu voll. Und außerdem wollte er das auch nicht. Er hatte wohl Angst, sich Läuse zu holen.«

»Aber nach Mirow wollte er?«, fragte der Drost weiter.

»Er war schon in einer Mietkutsche gekommen. Aus Wittstock, wenn ich mich recht erinnere. Und dann saß er einen Tag lang hier. Oder eigentlich nur eine Nacht. Er hat, glaube ich, ein paar Briefe geschrieben.«

»Vielleicht wollte er in Mirow unbedingt allein in einer Kutsche und nicht mit der Post vorfahren«, sagte ich zu Raden.

»Sehr wahrscheinlich sogar«, stimmte er mir zu. Und wieder zu Grützke: »Hat er seinen Namen gesagt?«

»Vielleicht. Aber ich kann mich nicht erinnern. Ich habe jedenfalls nicht nach seinem Namen gefragt.«

»Hat er gesagt, von wo er eigentlich hergekommen ist? Doch wohl nicht aus Wittstock?«

»Weshalb wollt Ihr das eigentlich wissen? Ich pflege meine Gäste nicht auszufragen. Die würden mir was mit der

Peitsche überziehen. Ich habe nicht nur feine Gäste hier, vergesst das nicht, Herr.«

Der Drost rang sichtlich mit sich, ob er sagen sollte, weshalb wir nach Buchholz gekommen waren. Aber in die Pause seines Ringens hinein warf ich so laut, dass es auch die wenigen Gäste an den Tischen hören konnten, ein: »Der Mann ist tot. Er wurde umgebracht.«

Der Drost zuckte doch tatsächlich zusammen, ergänzte dann aber: »Er wurde vermutlich hier irgendwo im Krug umgebracht.«

»Himmel!«, rief Grützke und kratzte sich am Hinterkopf, wo es noch die meisten Haarbüschel gab. Auf einmal stutzte er. Jetzt hat er eine Laus gefunden, dachte ich. Gleich wird er sie mit den Nägeln von Daumen und Zeigefinger zerquetschen.

»Er hat hinten neben der Tür gesessen und wusste nur Lobendes über meine Küche zu sagen. Ist eigentlich die Küche meiner Frau. Nur die Eintöpfe, die sind meine Sache. Als Niemann hereinkam, rief ich zu dem Herrn: ›Eure Kutsche ist da.‹ Er sprang auch gleich auf, hätte beinahe das Zahlen vergessen. Er ließ dem Niemann nicht einmal Zeit, noch etwas zu essen. Ich sah sie über den Hof gehen. Dann habe ich nicht mehr auf sie geachtet.«

Grützke stand vor einer kleinen Holztür, die sich jetzt plötzlich auftat und ihn dabei derart im Rücken traf, dass er nach vorn stolperte und sich an einem Holzbalken festhalten musste, um nicht zu fallen. In der offenen Tür stand eine Frau mit einem Korb voller Kohlköpfe.

»Sind nun wirklich die letzten, Gustav«, sagte sie. Dann erst bemerkte sie uns, nickte zum Gruß und erklärte: »Unsere Kohlsuppe geht besonders gut. Die macht der Gustav wie kein andrer. Und viel kosten tut sie auch nicht. Aber nun ist die Zeit dafür vorbei.« Dann wandte sie sich wieder ihrem Mann zu: »Gustav, du hast mir versprochen, endlich einen Pfeil auszusägen, damit die Leute den Weg zum Abtritt finden. Sie gehen einfach auf den Hof, und jetzt in der Frühlingssonne … Der Geruch …«

Weiter kam sie nicht. Der Wirt schlug sich mit der Hand ohne Laus vor die Stirn: »Pfeil. Natürlich: Pfeil.«

Und nun geschah es: Mit Daumen und Zeigefinger der anderen Hand drückte der Wirt zu. Ich meine, das Knacken der Laus gehört zu haben.

»Pfeil hieß der, von dem Ihr sagt, er sei tot. Von Pfeil. Albert oder Johannes von Pfeil. Jedenfalls Graf von Pfeil.« Grützkes Lausbubengesicht richtete sich jetzt zu einem der Tische am Fenster, der leer in einem spärlichen, von Staub durchtanzten Streifen Frühlingslicht stand. »Da hat er gesessen.«

»Graf von Pfeil?«, fragte der Drost. »Eben sagte Er, der Mann habe an der Tür gesessen.«

»Nein, nein, der andere Herr. Der den Pfeil kannte. Er rief ihn jedenfalls beim Namen. Sie haben sich begrüßt und umarmt, aber nicht lange miteinander reden können. Denn dann war Niemann da. Sie haben sich noch mal die Hände geschüttelt und gesagt, dann würden sie sich ja bald wiedertreffen.«

»Und der Herr vom Fensterplatz?«, fragte ich.

»Rief gleich nach mir, zahlte und brach ebenfalls auf.«

»Wohin?«, fragten der Drost und ich wie aus einem Mund.

Da zuckte der Wirt nur mit den Schultern. Das wisse er nicht. Er wisse nur, dass jener Herr mächtige Dallohren gehabt habe und zu Pferd gekommen sei.

»Dallohren?«, wollte ich schon fragen. Aber der Drost war schneller: »Fräulein, das ist Platt und meint Segelohren.«

»Ich dachte noch, der brauchte gar kein Pferd. Der könnte mit seinen Ohren überallhin segeln«, kicherte der Wirt mit breitem, fast zahnlosem Mund.

»Ein Mann mit Segelohren. Das ist fast so etwas wie eine Spur, findet Ihr nicht auch, meine Dame«, flüsterte der Drost mir zu. Jetzt sagte er schon Dame zu mir!

Zum Wirt aber meinte er laut: »Wer saß sonst noch im Krug, als Graf von Pfeil aufbrach?«

Das waren nun freilich einige. Zwei Bauern aus dem Dorf, ein paar Handwerker, fliegende Händler und allerhand Fuhrleute, »so wie der Niemann«. Und der Pastor sei auch dagewesen, aber nur kurz, zum Essen.

»Wegen der feinen Kohlsuppe«, warf von Raden ein.

Der Wirt nickte und seine Backen glänzten vor Stolz. Der Wirtin fiel noch ein, dass der Buchholzer Pastor jemanden mitgebracht hatte: »Den kanntest du doch, Gustav?«

Grützke war es unangenehm, dass er nicht gleich selbst darauf gekommen war. »Natürlich. Pastor Leithäuser war das. Der Pastor aus Mirow kam im Schlepptau vom alten Behling. Wollte ich nur vergessen, weil dieser Herr vom Mirower Hof meine Suppe …«

»… verschmäht hat«, ergänzte ich, als Grützke nicht wagte weiterzusprechen.

Wir verschmähten die Suppe vorerst ebenfalls und gingen zurück über den Hof. Graf, ich muss nun auf den Abtritt der »Drei Linden« zu sprechen kommen. Dem, wie die Wirtin meinte, der hinweisende Pfeil fehlt.

Ein Junge von vielleicht zwölf Jahren kreuzte unseren Weg. Er hatte es eilig, grüßte wie abwesend, indem er sich im Laufen verbeugte, und verschwand in einer Ecke des Hofes. Wir sahen ihm nach – und da sahen wir den Abtritt. Zwei Holzhäuschen nebeneinander, über dem Misthaufen errichtet. Ich würde das natürlich einem so feinen Mann wie Euch gegenüber nicht erwähnen, hätte es nicht mit unserem Mordfall zu tun. Wir fanden nämlich einen Zeugen der Tat. Eben jenen Jungen, dessen kahl geschorener Schädel sogar noch durch das kleine Herz in der Tür leuchtete.

Von Raden blieb auf einmal stehen, zeigte mit dem Finger auf die Häuschen und bewegte ihn dann weiter bis zur Kutsche. Ich verstand sogleich. Raden wollte mir sagen: Hätte jemand im Häuschen gesessen, als die Mordtat geschah, er hätte sie durch das Herz beobachten können.

Wir hatten bald Grund zur Freude, denn – ahnt Ihr es schon? – der Junge hatte auch gestern auf dem Häuschen gesessen. Und er hatte etwas gesehen.

Als Ferdinand, so wurde er gerufen, sein Geschäft verrichtet hatte und wieder auf den Hof trat, erschrak er, als er uns noch immer an der Kutsche sah. Der Drost winkte ihn heran. Ferdinand näherte sich mit gesenktem Kopf. Er war, wie sich sogleich herausstellte, einer Standpauke gegenwärtig. Er lebte eigentlich auf dem Hof nebenan und hatte beim Wirtshaus nichts zu suchen.

»Aber ich stehle mich oft hierher«, gab er zu. »Weil ich doch lesen kann. Das habe ich mir fast allein beigebracht.«

Lieber Graf, da höre ich Euch hell auflachen an Eurem Bureau Plat, denn den Rest könnt Ihr Euch denken. Der arme Junge findet wenig zu lesen, außer beim Buchholzer Pastor Behling vielleicht. Aber beim Wirt auf dem Abtritt liegen manchmal herausgerissene Blätter von Zeitungen, welche die Reisenden hinterlassen. Als auch ich über Ferdinands Entschuldigung lachen musste, wurde er etwas zutraulicher.

Da fragte von Raden: »Bist du gestern auch dagewesen?«

Der Junge nickte.

»Ist dir etwas aufgefallen?«

Ferdinand überlegte kurz. Dann antwortete er: »Die Kutsche stand gestern auch da. Zwei Herren sind zu ihr gegangen. Einer war fein gekleidet, der andere war der Kutscher mit dem Gepäck. Der Kutscher ging aber noch einmal zurück, um noch ein anderes Gepäckstück zu holen. Ich habe ihn dann nicht mehr gesehen.«

»Und tauchte noch jemand auf?«, fragte ich.

»Ja. Da ist jemand an den Schlag getreten, hat geklopft und ist gleich eingestiegen. Aber nicht für lange. Er kam wieder heraus und verschwand zwischen Stall und Scheune.«

»War er auch von dort gekommen?«

Schulterzucken.

»Hatte er es eilig?«, fragte der Drost.

»Gerannt ist er jedenfalls nicht. Wäre auch gar nicht möglich gewesen, denn er trug einen weiten Mantel.«

»Hatte er womöglich abstehende Ohren?«, fragte ich.

»Er hatte die Kapuze aufgesetzt. Es regnete gerade ein bisschen. Es war eine herrliche Luft draußen.«

»Hast du sonst noch etwas gesehen?«

»Nein. Es war ja auch nichts Besonderes. Außer vielleicht, dass da jemand ausgerechnet über die Felder wegging. So ein bisschen sah es aus, als wandle da ein Geist.«

»Pah, Geist. Das war jemand, der nicht gesehen werden wollte«, meinte der Drost.

»Ja, gewiss«, erwiderte der Junge und Röte stieg ihm ins Gesicht, so dass er den Kopf senkte, um es nicht zu zeigen.

»Wie groß war der Geist?«, fragte ich aufmunternd.

»Viel kleiner und schmaler als der Herr«, antwortete der Junge, jetzt den Blick auf den Drosten gerichtet. Dann sah er mich abschätzend an: »Eher so wie die gnädige Frau, aber kräftiger, eben ein Mann. Also ich meine: nicht groß, nicht klein, nicht dick, nicht dünn.«

»Eine formidable Beschreibung«, grummelte der Drost.

»Nur der Mantel sah so aus, als wäre er zu groß.«

»Farbe?«

»Grün. Ein richtiges Frühlingsgrün. Das fiel mir auf.«

»Frühlingsgrün«, wiederholte der Drost mit Staunen in der Stimme. »Wie du dich auszudrücken verstehst.«

Den wandelnden Geist fand ich übrigens auch schon nicht schlecht. »Lesen bildet«, lachte ich.

Unser Ferdinand sah auf und lächelte zaghaft aus seinem Sommersprossengesicht.

»Darf ich jetzt gehen? Mein Vater schimpft immer, ich würde viel zu lange wegbleiben, wenn ich mal müsste. Ich würde mich vor der Arbeit drücken, sagt er. Er sagt auch, wer liest, der arbeitet nicht.«

»Da hat er recht«, meinte der Drost. Sein üppiger Mund verzog sich. Das Kinn bettete sich in den Hals. Von Radens Lachen, Ihr wisst, Graf.

Der Junge stob davon.

Ich sagte lächelnd: »Von Herz zu Herz. Von Lektüre zu Lektüre. Was hätte der Junge wohl zu den Betrachtungen der Grabow gesagt, hätte jemand sie im Herzhäuschen liegenlassen?«

Der Drost erwiderte murmelnd: »Aber, schönes Fräulein, dies ist leider kein literarischer Fall, sondern schnöder – nun ja, Durchlaucht wollte es nicht aussprechen, aber wir tun es – Mord.«

Dem Jungen fiel dann doch noch etwas ein. Er hatte schon den halben Hof überquert, als sich sein Sommersprossengesicht uns noch einmal zuwandte. Er überlegte kurz. Dann kam er zurückgeschlendert.

»Der Kapuzenmann hat etwas in die Manteltasche gesteckt, wohl um es vor dem Regen zu schützen.«

»Geld vielleicht? Einen Geldbeutel?«, fragte der Drost.

»Nein, es waren Papiere. Vielleicht ein Brief. Ich habe es nicht genau gesehen.«

»Eine Zeitung vielleicht?«, fragte der Drost.

Der Junge schüttelte den Kopf: »Nein, nichts Gedrucktes.«

»Überhaupt«, rief Raden, »es waren nicht zufällig die Psalme Davids, die du da drüben gelesen hast, im Herzhaus, meine ich?«

Der Junge schaute verständnislos, was den Drosten nicht daran hinderte hinzuzusetzen: »Oder genauer gesagt Betrachtungen über die Psalme Davids?«

Jetzt sah uns Ferdinand mit entsetztem Blick an. Er schüttelte den Kopf, was vieles heißen konnte. Und dann nahm er flink die Beine in die Hand. Raden war ihm unheimlich geworden.

Ich konnte es mir nicht verkneifen: »So was liest man doch nicht auf dem Abtritt. Dann würde es ja nie was mit dem, na, Ihr wisst schon. Das hat den Jungen eben völlig verwirrt.«

Der Drost blieb ungerührt.

Ja, lieber Graf, so sehen unsere Bemühungen aus, Licht in eine dunkle Sache zu bringen. Sie führen mich sogar zu den Abtritten von Wirtshäusern in irgendwelchen Schmugglerecken. Und doch spüre ich die Gefahr, Euch einmal mehr mit meinem Brief zu ermüden. Deshalb verschone ich Euch mit einem Bericht über die Rückreise von Buchholz. Die nämlich war wirklich langweilig. Niemann schonte die Pferde. Der Drost hatte ihn dazu angehalten. Wir brauchten eine schiere Ewigkeit bis nach Mirow.

Der Drost setzte sein mürrischstes Gesicht auf und sprach die ganze Zeit über kaum ein Wort mit mir. Nur einmal hörte ich so etwas wie: »Der Grund. Was könnte der Grund dafür sein, jemanden auf so entsetzliche Weise zu töten? Haben wir den Grund, haben wir den Mörder, so gut wie, jedenfalls.« Er sagte auch noch anderes, aber unverständlich grummelnd.

Ich wagte nicht, sein Nachdenken zu unterbrechen. Er schien mich vergessen zu haben.

Erst als die Wagenräder schon wieder über das Brückenpflaster hinüber zur Schlossinsel rasselten, drehte Raden sein Gesicht mir zu. Seine Bassstimme klang noch belegter als sonst. Ich wusste nicht recht, ob das an dem langen Schweigen lag oder an einer inneren Erregung, die den Drosten befallen hatte.

»Müsst Ihr nicht mal wieder zur Beichte?«

»Ihr erwartet keine ernsthafte Antwort«, sagte ich.

Die Kutsche stand inzwischen wieder vor der Remise, aber wir blieben darin sitzen. Wir saßen am Ende sogar so lange darin, dass Kutscher Niemann vorsichtig anklopfte. Ihn mag die Angst getrieben haben, abermals Tote transportiert zu haben.

»Ich wollte Euch nur bitten, Pastor Leithäuser gelegentlich einen Besuch abzustatten. Lenkt das Gespräch auf Buchholz. Ich möchte wissen, was er dort wollte.«

»Warum fragt Ihr ihn nicht selbst?«

Von Raden schwieg noch einmal geraume Zeit. Dann setzte er, sich räuspernd, hinzu: »Es gibt wenige, denen man vertrauen kann. Den Pastor zähle ich dazu. Wir sind befreundet. Das wisst Ihr sicherlich. Es ist auch kein Geheimnis. Aber er hat mir nichts von seinem Ausflug gestern nach Buchholz erzählt. Ich merkte nur, wie abgehetzt er war, als wir uns an der Johanniterkirche trafen. Ich habe nicht darüber nachgedacht. Nicht über sein rotes Gesicht. Nicht über die Schweißperlen auf seiner Stirn. Aber es hätte mir auffallen können. Es ist mir sogar aufgefallen. Aber ich habe nicht danach gefragt. Wir wollten in der Gruft nach einer kleinen Pforte schauen, die Leithäuser da entdeckt haben will. Was ich freilich nicht glaube und Ihr auch gar nicht wissen müsst. Wer weiß, was er da gefunden hat. Er liebt Geistergeschichten. Die Heilige Schrift ist ihm das liebste Geisterbuch. Oh ja, glaubt mir. Leithäuser sieht es gern spuken. Und wisst Ihr, warum? Weil er dann den Spuk entlarven kann. Gottes Ratschlüsse sind zu ergründen. Oder so ähnlich. Sagt er doch dauernd. Alles klärt sich auf. Irgendwann.«

»Vielleicht auch das mit dem Buch in des Toten Wams«, warf ich ein.

»Fragt doch mal die Grabow, ob sie etwas davon weiß. Unter Damen lässt es sich vielleicht so machen, dass es wie nebenbei klingt. Wir wollen die arme Dichterin nicht ängstigen, nicht wahr? Womöglich fiele sie uns dann wieder in Ohnmacht.«

»Und wenn dann die Rauchbar nicht zur Hand wäre …«

Auch darüber ging der Drost hinweg. Dabei ist er nicht ohne Witz, glaube ich. Er sprach unbeirrt weiter: »Wir kamen dann aber mit Leithäusers Geistern und der merkwürdigen Pforte nicht weiter. Wir hörten die Schreie vom Schloss herüberdringen.«

»Da waren Pforte und Gruft natürlich vergessen. Weil die Geister gerade anderswo unterwegs waren, sozusagen«, sagte ich.

»So war es. Also, Fräulein, werdet Ihr bald zur Beichte gehen?«

Ich versprach es. Aber dann bin ich doch nicht so bald ins Pfarrhaus gekommen, weil ich noch eine ganz andere Begegnung hatte …

Die Kerzen sind heruntergebrannt. So siegle ich den Brief und erzähle bald mehr. Bleibt mir, mein Graf, gewogen. Ich denke an Euch, wenn ich noch etwas durch diese die Seele streichelnde Frühlingsnacht wandle, in der Hoffnung, keinem Meuchelmörder in zu großem Mantel hinter verschwiegener Hecke zu begegnen.

Eure untertänigste Freundin
Luise Ernestine von Gagern

Schweriner Ohren leuchten auf

An Ernst Ahasverus Graf von Lehndorff,
Kammerherr der Königin von Preußen

Mirow, Dienstag, 14. April 1761

Euer Hochwohlgeboren,
wo war ich stehengeblieben? Ach, ich weiß es natürlich genau. Ich brenne doch darauf, Euch von Neustrelitz zu erzählen, Graf.

Ja, von Neustrelitz. Da staunt Ihr? Aber zunächst, um Euch ein wenig – Ihr werdet den Brief doch wohl nicht von hinten zu lesen beginnen? – auf die Folter zu spannen, will ich Euch für Eure Briefe danken. Wenn Ihr bislang ob meiner mirokesischen Langeweile zu gähnen pflegtet, so sollt Ihr jetzt dafür büßen, indem ich mir Zeit lasse für meine Neuigkeiten. Ich habe keine Eile, Graf. Dabei gibt es so vieles aus dem merkwürdigen Land Strelitz zu berichten.

Ihr habt also Euer masurisches Gut verlassen und seid wieder bei der Königin? In Schönhausen? Sie liebt Euch, nicht wahr? Und es stürmt heftig in Berlin? Und wir Strelitzer sollen vom Sturm nicht verschont bleiben, weil der nach Norden ziehe, schreibt Ihr? Wisst Ihr, dass man Euch bei Hof Grand confiturier de la Cour nennt? Wegen Euer vielen Komplimente. Da musste ich vor Lachen prusten, als ich das hörte. Von wem? Das verrate ich nicht.

Aber ich weiß ja, dass Ihr nicht nur viel redet, sondern wie sehr Ihr auch schweigen könnt. Wie viele Geheimnisse mögen wohl in den Schubladen Eures Bureau Plat auf den Tag ihrer Enthüllung warten? Neben meinen Briefen?

Und übrigens, der von Euch angekündigte Sturm hat uns längst erreicht. Ein Schneesturm war es. Ein tüchtiges Toben. Ein Abschiedsgruß des Winters. Meines ersten Winters unter den Mirokesen. Und nun taut es an allen Orten. So triefend, als hätte die Erde einen Schnupfen.

Ich sehe in meinem Geist, wie Ihr die Stirn runzelt. So geschwätzig ist sie doch sonst nicht. Ist sie auch nicht.

Also, zur Sache, endlich: Statt den Pastor zu besuchen, wie der Drost es mir aufgetragen, fuhr ich durch Eis und Schnee nach Neustrelitz. Im Auftrag der Herzogin. Denn es hatte Seiner Durchlaucht, dem regierenden Herzog, gefallen, seine Schwester, unser Lotchen, meine Schülerin, Mirow rascher als gedacht wieder zurückzugeben. Und ich sollte die Prinzessin aus Neustrelitz abholen.

Ich betrat um die Mittagszeit, inzwischen wieder bei Sonnenschein, das Neustrelitzer Schloss, das Ihr aus den Tagen der schrecklichen Dorothea Sophie zweifellos noch in Erinnerung habt. Ich hatte sogar am Hauptportal vorfahren dürfen, denn es gefiel Seiner Durchlaucht Adolph Friedrich IV. auch, mich zu empfangen.

Ich war eben in das Vorzimmer seiner Audienz geführt worden, da öffneten sich auf der gegenüberliegenden Seite wie von Geisterhand die Türflügel. Erst sah ich gar nichts dahinter. Dann hörte ich klackende Schritte auf dem Parkett. Schließlich trat ein Mann in die Tür, dessen abstehende Ohren mir auch aufgefallen wären ohne das helle Licht, das eben hinter ihm aus dem Empfangsraum des Herzogs flutete und die Ohren wie eine Glorie aufleuchten ließ. Die Ohren wurden von der Perücke mehr betont als gebändigt. Ein seltsamer Anblick. Mir war, als wäre mir ein Geist erschienen. Das passiert mir nicht oft, Graf. Es passiert mir nicht oft, dass ich mich derart verwirre.

Der Mann mit den Dallohren, durchzuckte es mich. Ihr wisst es noch, jenen Segelohren, von denen in Buchholz die Rede gewesen war. Oder war ich nur Opfer meiner Einbildungskraft geworden? Wegen des flutenden Lichts? Sah ich schon etwas, das es gar nicht gab?

Mir blieb keine Zeit, meine Überraschung zu bemeistern. Der Herzog ließ mich eben bitten. Es fiel mir schwer, mich von der Stelle zu heben und dann durch jene Tür zu schreiten, in der ich womöglich soeben etwas Überirdisches gesehen hatte. Soll man doch solche Türen meiden.

Mir war sogar so, als stünde noch ein wenig Schwefeldunst zwischen den Türflügeln. Aber vielleicht war es auch nur das Duftwasser eines ganz gewöhnlichen, wenn auch galanten Mannes, der eben seine Audienz beim Herzog beendet hatte. Womöglich litt ich – genau wie Rauchbart, die Grabow oder die Kosboth – an Überreiztheit.

Als ein Lakai hinter mir die Tür schloss, hatte ich mich schon wieder unter Kontrolle. Die Tür war also nicht von

Geisterhand geöffnet worden, sondern, wie es sich gehört, von einem Bediensteten. Folglich, dachte ich, dürfte der Gast des Herzogs kein Geist, sondern ein Mensch aus Fleisch und Blut gewesen sein. Ich sollte seinen Namen auch sogleich erfahren.

Adolph Friedrich ist jetzt 23 Jahre alt. Er ist sechs Jahre älter als seine Schwester, unsere Mirower Prinzessin, unser Lotchen. Er ist beängstigend schmal und wirkt deshalb größer, als er ist. Schmal wirkt auch sein Gesicht mit

einer spitzen Nase darin. Die großen, etwas hervorstehenden Augen liegen in der Familie. Sie sind auch das Einzige, was ich an Ähnlichkeit mit Lotchen zu erkennen vermag. Das Schmale an ihm geht einher mit größter Nervosität. Im Stehen bewegt er seine Arme wie Windmühlenflügel. Sitzt er, schlägt er ein Bein über das andere und lässt es pendeln, als wäre er eine Uhr, die demnächst wieder aufgezogen werden muss.

Es war dieser Nervosität geschuldet, dass er im Audienzsaal gleich auf mich zustürzte, und nicht etwa eine besondere Ehre, die er mir erweisen wollte. Für ihn bin ich immer noch »die aus Preußen«. Er pflegt das so zu sagen, dass ich nicht genau weiß, ob es Misstrauen bedeutet oder Herablassung.

Um seinen Mund haben sich zwei scharfe Furchen eingerichtet. Sie sollen schon aus seiner Greifswalder Zeit stammen, als er dort an der Universität im Exil war und vor Gram oder vielleicht auch nur vor Heimweh verging. Damals, als ihm seine Mutter als Vormund das Herzogtum gegen die Schweriner Truppen rettete. Eine verwegene Tat, Ihr erinnert Euch sicherlich, Graf.

Eben darauf spielte Durchlaucht an, als er mich mit den Worten empfing: »Da haben die Schweriner, diese schreckliche Verwandtschaft, damals Krieg gegen uns Strelitzer führen wollen und mich ins Exil getrieben. Nun schicken sie ihren Gesandten. Ist das nicht phantastisch? Habt Ihr ihn noch gesehen? Er ist eben raus. Ein Herr von Plüschow. Er soll uns hier auf die Finger schauen.«

Der Herzog schlug die Innenseiten seiner ebenfalls langen und schlanken Hände aneinander. »Er ist noch nie in Strelitz gewesen. Und so etwas schickt man uns. Peinlich, oder? Da werden wir ihm unser Reich erst einmal zeigen müssen, nicht wahr? Und wir fangen in Mirow an.« Der Herzog hob die aneinandergefügten Hände, bis die Fingerspitzen die Unterlippe erreichten. »Ihr nehmt meine Schwester Lotchen mit? Ja? Dann packt auch den Gesandten gleich mit ein.« Adolph Friedrich lachte laut und beinahe quiekend auf. »Schnallt ihn mit dem Gepäck zusammen, meinetwegen.« Dann verschwand das Lachen. Durchlaucht nahm meinen Arm. »Wir müssen zu Tisch, wie ich sehe. Gebt mir die Ehre, liebe Gagern, an meiner Tafel zu speisen. Dann sieht sie etwas belebter aus.« Wieder das Lachen. »Ich finde Bescheidenheit fürchterlich. Wir wollen hier nicht bescheiden sein, nicht wahr? Der Gesandte, dessen Namen ich doch tatsächlich jetzt schon wieder vergessen habe …«

»Von Plüschow.«

»Ja, richtig, na, egal. Also, was wollte ich sagen? Ich habe ihn selbstverständlich auch an die Tafel gebeten. Ich habe ihn neben Christel gesetzt. Da hat er dann etwas nach Hause zu melden.« Jetzt lachte der Herzog etwas bösartig. Die Furchen um seinen Mund vertieften sich noch mehr. Seine ältere Schwester gilt als garstig, Graf. Sie hat keinen Mann abbekommen. Vielleicht deshalb. »Und Ihr sitzt neben Lotchen. Ihr sagt doch auch Lotchen zu ihr? Wirklich, macht das nur, ich habe nichts dagegen. Sie ist noch ein Kind, nicht wahr? Aber.« Er fasste mich am Ärmel, so dass ich dachte, er wolle mich in eine Retirade ziehen, um mir etwas Geheimnisvolles mitzuteilen.

»Durchlaucht?«

»Aber, aber, wollte ich sagen. Es wird Zeit, ihr eine gute Partie zu betreiben. Ich lege das übrigens in die Hände meiner großartigen Mutter. Ach, und dann werden wir die Süße verlieren. Vielleicht ins Preußische, wie? Dann ginget Ihr in Eure Heimat zurück. Ist das nicht phantastisch für Euch?«

»Durchlaucht!«

»Ja, ich weiß, die Zeiten sind schwierig. Richtige Männer im heiratsfähigen Alter gibt es da nicht. Und der große König selbst – ist glücklich verheiratet.« Wieder das Quieken. »Aber es hält ihn nicht davon ab, immerzu in den Krieg zu ziehen. Wollen wir mit so einem Haus eine Verbindung?«

Jetzt verstand ich, dass Durchlaucht gar keine Nische suchte, sondern mit mir im Schlepptau durch eine lange Zimmerflucht zum Speisesaal eilte. »Dann müsste ich meinem ganzen Volk den Soldatenrock anziehen, was? Und dabei kriegten wir, bei Lichte besehen, nicht einmal eine Kompanie zusammen in unserem kleinen Land. Und die Soldaten würden wohl alle zu fliehen versuchen.« Der Herzog blieb kurz vor der Schwelle zum Saal ruckartig stehen und hob abermals die aneinandergefügten Hände. Dann sagte er traurig: »Aber dieser furchtbare Fritz rekrutiert seine Soldaten ja schon jetzt ohne Rücksicht auf mein Volk.« Einen Moment lang herrschte Schweigen. Dann quiekte Durchlaucht schon wieder und zog mich weiter.

»Also abgemacht, Ihr nehmt Lotchen und den Gesandten nach Mirow mit und passt ein bisschen auf, dass Lotchen und dieser, dieser …«

»Plüschow, Durchlaucht.«

»Richtig, richtig. Also: Dass sie sich gegeneinander gut aufführen.« Dann trat der Herzog doch noch einmal dicht an mich heran und legte beim Flüstern den Zeigefinger auf den Mund. »Vom Mord jedoch, liebe Gagern – keine Rede, nicht wahr? Das erschreckt mein Schwesterchen zu sehr. Und der Plüschow muss es so genau auch nicht wissen, was da passiert ist. Der schwatzt es nur den Schwerinern weiter, und die lachen sich dann ins Fäustchen.«

Sollte ich Durchlaucht erzählen, dass ich jenen Herrn von Plüschow zuerst für eine Geistererscheinung gehalten hatte und dass er offenbar im Gasthof gewesen war, als der Mord geschah?

Es gab dazu keine Gelegenheit mehr. Die Gesellschaft eilte zu den Stühlen, denn es war inzwischen fünf Minuten nach ein Uhr. Durchlaucht pflegt pünktlich zu speisen. Und nun waren wir schon fünf Minuten über die Zeit.

Es ist an diesem Hof immer noch alles so, wie Ihr es mir aus früherer Zeit berichtet habt. Altmodische Etikette und viele Gerichte auf der Tafel, die nicht zu essen sind. Nur die Dienerschaft scheint inzwischen ausgetauscht. Ich sah einige junge Gesichter. Aber das ist der natürliche Lauf der Welt. Die Alten, die Ihr einst gesehen, sind vermutlich lange schon tot, wenn auch nicht unbedingt ermordet.

Lotchen freute sich sichtlich, als die Kutsche vorfuhr, um sie wieder nach Mirow – sie sagte »nach Hause« – zu bringen.

Dann saß Herr von Plüschow, Baron Bernhard von Plüschow, mein Geist mit den sehenswerten Ohren, uns Damen gegenüber. Vor den Fenstern unseres Gefährts tollten inzwischen wieder Schneeflocken umher.

Wir hatten uns in Decken gehüllt und spielten Trisett, wie fast immer auf langen Fahrten. Und natürlich hatten wir nichts anderes zu tun, als über den Mord zu sprechen. Oder genauer gesagt über das Opfer. Plüschow gab sogleich zu, den Toten gekannt zu haben.

»Ich war sogar in dem Gasthof, wo es passierte. Und vor allem: Als es passierte.«

»Dann seid Ihr ein Zeuge? Da werdet Ihr in Mirow nicht um eine rasche Bekanntschaft mit unserem Drosten herumkommen. Der soll den Mörder finden«, sagte ich.

»Ich saß freilich vorn in der Schankstube, als es hinten auf dem Hof geschehen sein muss.«

»Und woher kanntet Ihr das Opfer?«, fragte die Prinzessin, die übrigens beim Trisett fast alle Spiele gewann.

Plüschow erzählte uns dann fast die gesamte Fahrt über von diesem Pfeil.

Beim Erzählen macht er einen schiefen Mund. Beim Lachen zeigt er eine Zahnlücke. Beim Nachdenken zieht sich seine viel zu hohe Stirn kraus. Er hat eine bemerkenswerte Hakennase mit einem gewaltigen Höcker. Seine Augen sind blau, aber in ihrer Farbe auch wieder unstet, wie der Apriltag draußen. Mal hell wie der Sonnenhimmel, mal dunkel wie die Schneewolken. Ich denke mir, seine Augenfarbe entspricht jeweils seiner Stimmung. Und dann eben die komischen Ohren.

Ihr seht, Graf, jedes Detail seiner Erscheinung, die wir Damen während der langen Fahrt so nah auf uns wirken lassen durften, wirkt eigentlich unvollkommen. Unfreundlich könnte man sagen: hässlich. Freundlich jedoch: männlich.

Selbst der Name Plüschow sei ohne Eleganz, hatte die Prinzessin gemeint – freilich bevor der Mann bei uns eingestiegen war. »Plüschig« nennen wir hier Leute, die nicht ganz vollständig in ihrem Oberstübchen sind, wenn Ihr versteht, Graf. Die Prinzessin musste über ihre eigene Bemerkung derart lachen, dass sie sich kaum beruhigen konnte. Sie schlug sich mit beiden Händen vor den Mund. Sie ist doch noch ein Kind. Genau wie Durchlaucht es meinte.

Aber, Graf, sie war genau wie ich von diesem Plüschow, ja, wie soll ich sagen, nun – in den Bann gezogen. Er ist kein Geist, fürwahr, sondern aus bestem Fleisch und Blut. Und sein Duft ist der eines Mannes von Welt, wenn man genauer hinriecht. Wenn man sich eine Weile mit ihm unterhält, ist alles Unvollkommene seiner Erscheinung vergessen. Er plaudert galant. Er hat Witz und vor allem – er kann mit seinem schiefen Mund herzlich über sich selbst lachen, ohne sich seiner Zahnlücke zu schämen. Am meisten übrigens über seine Ohren. Umwerfend komisch! Dabei strahlte er uns aus seinen blauen Augen an wie ein kleiner Junge. Ja, als wäre er noch ein Bub.

Ich dachte immer – nicht zuletzt mit Blick auf Euch, Graf – dass die Klugen stets zu Missmut neigen, weil sie die Unvollkommenheit der Welt erkannt haben. Unser Plüschow aber ist klug und lebensfroh zugleich. Wahrlich ein Prachtexemplar von einem Gesandten. Die Schweriner haben so etwas gar nicht verdient. Und die Mirokesen schon gar nicht.

Jetzt schreibe ich tatsächlich: unser Plüschow. Dabei hat er uns womöglich nur deshalb so viel über Pfeil erzählt, um von sich abzulenken. Aber, nein. Ach, ich bin seinem Zauber ganz verfallen. Und die Prinzessin nicht minder. So gesehen, haben wir es wohl doch mit einem Geist zu tun, oder?

Ihr ruft mich zur Ordnung, Graf. Jedenfalls meine ich, Eure mahnende Stimme zu hören. Ihr tut recht daran. Also:

»Johannes Graf von Pfeil, dreißig Jahre alt, stammte aus dem Rheinland«, so begann der Schweriner Gesandte.

»Wir haben beide in Leipzig Jurisprudenz studiert und sind dann gemeinsam nach Wien gegangen, er in die Hofkanzlei, ich in die Oberste Justizstelle, wie sie hieß. Wir waren nicht direkt befreundet, aber wir wussten, was wir aneinander hatten.«

Was genau, das blieb freilich offen. Plüschow wanderte von Wien immer weiter nach Norden. Wobei, wie er selbst sagte, sein Einfluss auf die Dinge stieg, je unbedeutender die Regierung wurde, der er angehörte. Er begann in Wien als ein besserer Schreiber. In Sachsen zwei Jahre später hatte er sich immerhin schon um die polnischen Angelegenheiten zu kümmern und durfte manchmal dem König vortragen. Die Schweriner aber boten ihm an, Gesandter zu werden. Plüschow schlug ein. Freilich wusste er da noch nicht, dass es ihn als Gesandten erst einmal nicht in die weite Welt wehen würde, sondern in die Nachbarschaft, nach Strelitz.

»Pfeil hielt sich schon immer für wichtig. Und in gewisser Weise war er es schon in der Wiener Zeit geworden. Er ging wegen irgendeines Streits, von dem ich nichts weiß. Da war ich auch schon lange fort. Er ging von Wien geradewegs nach Hannover. Münchhausen, der einflussreiche Minister dort, nahm ihn zu sich. Pfeil stieg in Hannover zum Mann für alle Fälle auf. Der dicke Münchhausen hat ihn in geheimen und oft auch heiklen Missionen durch halb Europa geschickt.«

»Hören wir da ein wenig Neid heraus?«, fragte ich mit einem Lächeln.

»Ach, nein. Er machte seinem Namen stets alle Ehre. Immer vorneweg, wie ein Pfeil. Immer steckte er als Erster im Ziel.« So sprach unser Plüschow in der Kutsche nach Mirow.

Neid habe er nicht verspürt, jedenfalls, was den Aufstieg Pfeils anbelangt, meinte Plüschow. Aber ich entnahm doch Bitterkeit aus seinen Worten. Und siehe, dann folgte eine umständlich erzählte Geschichte, aus der ich herausgehört zu haben meine, dass Pfeil in der gemeinsamen Wiener Zeit auch an unserem Plüschow vorbeigeschossen war und lange vor ihm in einem Ziel steckte, das Plüschow zu gern als Erster erreicht hätte. Was man mit etwas verruchter Phantasie, über die Ihr glücklicherweise verfügt, Graf, wörtlich nehmen mag. Es ging natürlich um eine Dame. Ja, so etwas vergisst ein Mann nie mehr, nicht wahr, Graf?

»Nachdem wir uns aus den Augen verloren hatten, haben wir immer wieder mal höfliche Briefe gewechselt«, erzählte Plüschow weiter. »Oft versteht man einander wieder besser, wenn man sich nicht täglich sehen muss. Im letzten Brief jedenfalls hat Pfeil von Aufträgen nach Mecklenburg geschrieben. Freilich nur ganz allgemein.« Plüschow sah kurz aus dem Fenster, wo die Sonne schon wieder von Wolken verdeckt zu werden drohte. Dann setzte er hinzu: »Er wollte sich vermutlich wie immer wichtig machen. Wer hätte gedacht, dass es so endet. Er jedenfalls hielt sich für unfehlbar.«

»Wichtig machen bei der Grabow?«, fragte ich, sozusagen meinen Pfeil ins Blaue schießend. Aber Plüschows verständnisloser Blick zeigte mir sogleich, dass er weder die Grabow kannte noch von dem Buch an der Brust des Ermordeten gehört hatte.

»Die Grabow lebt bei uns am Hofe. Eine der Hofdamen. Sie hat früher mal ein Buch geschrieben. Und das hatte Pfeil in seiner Brusttasche, als er erdolcht wurde«, erklärte die Prinzessin, erstaunlich im Bilde. Und mit aufgerissenen Augen setzte sie hinzu: »Es ging, stellt Euch vor, um die Psalme Davids.«

Aber der Gesandte hörte gar nicht richtig hin. Mehr zu sich sagte er: »Was mag wohl in der Tasche gewesen sein?«

Innerlich stieß ich einen Pfiff aus. Die Tasche! Das Felleisen! Woher wusste er davon? Sollte ich ihn fragen? Besser war wohl, das erst einmal für mich zu behalten und allenfalls dem Drosten davon zu erzählen.

Die Prinzessin hatte zum Glück nichts bemerkt. Sie sah ganz mitleidig aus, denn gegen seine Natur wäre unser Plüschow wohl wegen der Erinnerung an seinen Wiener Nebenbuhler am Ende gänzlich bitter geworden, hätten wir, die Prinzessin und ich, uns nicht alle Mühe gegeben, ihn wieder auf erfreuliche Gedanken zu bringen. Wir ließen ihn auch mal ein Spiel gewinnen. Da konnte er dann wieder sein schiefes Zahnlückenlachen lachen.

Und lachen konnte er auch über das, was wir ihm über die Mirower Verhältnisse erzählten und darüber, wie wir ihm das Personal vorstellten, das ihn erwartete. Wir erzählten von der katzengleichen Kosboth, der rauen Rauchbar, der graziösen Grabow. Von unserem schreckhaften

Mohren, dem o-beinigen Tanzmeister, dem Geister liebenden Pastor und natürlich dem finsteren Raden mit der einnehmenden Stimme. Und schließlich, als wir ihm alles vom Hof berichtet hatten, erreichten wir Mirow. Wir setzten unseren neuen Freund am Mecklenburger Hof ab. Sie nennen das Gasthaus hier nur Mecki.

»Passt nur auf, dass *Mecki* nicht Euer Spitzname unter den Mirokesen wird«, lachte ich.

»Mirokesen? Wie lustig.« Unter diesen Worten verbeugte Plüschow sich artig. Er unterhielt dabei unsere Prinzessin noch einmal, indem er bei der Verbeugung seine großen Ohren wackeln ließ. Das Lotchen, ich kann es nicht anders sagen, juchzte auf. Sie ist wirklich ein Kind. Aber das erwähnte ich wohl schon.

Unser Gefährt ruckte jedenfalls wieder an, während wir noch mit unseren Spitzentüchern zum Abschied winkten, und ratterte bald darauf durch die Schlossstraße. Die großen Augen der Prinzessin leuchteten, als sie nach ein paar Sekunden Schweigen meinte: »Weshalb musste dieser Pfeil sterben? War es wegen seiner Mission? Einem Auftrag aus Hannover?«

»Was soll das für eine Mission sein, ausgerechnet in unserem kleinen Mirow?«, antwortete ich.

»Oder trachtete jemand dem Pfeil aus Eifersucht nach dem Leben?«

»Weil so einer wie Plüschow Gründe hatte, ihn auf den Tod nicht zu mögen?«

»Unser Mecki«, lachte sie. »Eine amüsante Person.«

Lotchens Fragen boten mir die Gelegenheit, im Brustton der Überzeugung zu sagen: »Nach allem, was wir heute über Pfeil gehört haben, ging es wohl um ihn selbst. Da haben sich die beiden, Pfeil und unser Reisegefährte, mit großer Geste im Wirtshaus von Buchholz umarmt. Dabei hassten sie sich. Jedenfalls hat Plüschow den Pfeil gehasst. Aus guten Gründen. Wer weiß, wer noch alles einen Hass auf den Pfeil hatte.«

»Ihr meint, da gab es noch jemanden, der Pfeil nach dem Leben trachtete? Die Grabow vielleicht?«

»Nur weil er ihre merkwürdigen Betrachtungen dabeihatte? Das klingt lächerlich. Vielleicht wusste er, dass sie am Mirower Hof lebt und wollte sich bei ihr einschmeicheln. Und bestimmt wären ihr Tränen der Rührung in die Augen getreten, wenn er losgelegt hätte: ›So lehre mich dein Geist den Zweifel zu entscheiden, dass wir vergeblich uns um eitlen Tand bemüh'n.‹«

»Das könnt Ihr auswendig? Fabelhaft.«

»Eitler Tand«, erwiderte ich.

»Aber wie wahr das gesprochen ist«, seufzte die Prinzessin. »So etwas schreibt nie im Leben eine Mörderin.«

»Außerdem hätte sie Pfeil und Bogen genommen. Weil sie doch das Geistreiche bevorzugt, unsere Dichterin, die Diana unseres Hofes, wenn ich sie einmal so nennen darf. Egal, der Drost wird es herausfinden.«

»Und Ihr mit ihm, wie man hört.«

Ich verneigte mich etwas. »Erst einmal wissen wir nur dies: Nach dem Abschied von Plüschow in Buchholz hatte dieser Pfeil, der angeblich wie ein richtiger Pfeil immer als Erster im Ziel steckte, nur noch sehr kurze Zeit zu leben.«

»Buchholz?«, fragte Lotchen. »Wo liegt das eigentlich? Da bin ich noch nie gewesen.«

»Am Südende der Müritz, nahe dem Brandenburgischen. Irgendwann wirst du sogar über Buchholz hinaus müssen.«

»Ach, lasst das. Es bleibt eine furchtbare Sache, das mit dem Pfeil. So oder so. Mir tut er leid.«

»Und für Mirow ist es auch ganz schrecklich.«

»Ja, ein Mörder, der hier frei herumläuft. Mich gruselt es.«

Es begann eben erst zu dämmern, als die Kutsche vor dem Schloss hielt. Was für herrlich lange Tage das jetzt schon sind. Dem Lotchen gefiel es, trotz ihres Gruselns oder vielleicht gerade deshalb, sich noch etwas im Garten zu ergehen. »Hinunter zum See, wo die Nachtigallen schlagen«, sagte sie, setzte aber rasch hinzu, dass sie bei Dunkelheit wieder im Schloss sein wolle, wohl um nicht noch meine Ermahnungen anhören zu müssen. Mich entließ sie gnädig. Glücklicherweise. Denn ich hatte noch anderes zu tun.

Zum Beispiel nachdenken.

Zum Beispiel Euch berichten.

Was soll ich mit der Prinzessin machen, verunsichert, wie sie ist? Was ratet Ihr mir? Ihr runzelt die Stirn. Ich weiß, Ihr zieht es vor, Entscheidungsfragen vorgelegt zu bekommen und wollt Euch auf Mutmaßungen nicht einlassen. Oder auf Ratschläge. Also: Soll ich sie nächstens mit mir nehmen, damit sie nicht in falsche Hände gerät? Irgendwohin? Sie entführen, wenn sie mir nicht freiwillig folgt? Oder ist das Torheit? Und wenn ich nichts unternähme und sie erführe mitsamt dem Mirower Hof die Wahrheit über mich, bevor ich wieder verschwunden bin?

Diese drängenden Fragen legt Euch, mein väterlicher Freund, Eure treueste und ewig ergebenste Dienerin zu Füßen

Luise Ernestine von Gagern

Seltsame Gäste werden im Torhaus belauscht

An Ernst Ahasverus Graf von Lehndorff,
Kammerherr der Königin von Preußen

Mirow, Donnerstag, 16. April 1761

Euer Hochwohlgeboren, lieber Freund,
vielleicht hätte ich den Auftrag des Drosten vergessen, Pastor Leithäuser zu besuchen. Oder besser: Ihm ein wenig auf den Pelz zu rücken. Oder noch besser: Bei ihm auf den Busch zu klopfen. Es fiel mir wieder ein, als ich heute vor den Spiegeln des Schlosses stand. Spiegel sind etwas Herrliches. Und so wertvoll. Ja, ich weiß, Ihr sagt, Spiegel dienten nur der weiblichen Eitelkeit und dem Prunk, den Ihr so verachtet. Aber Ihr seid manchmal auch ungerecht.

Ich besitze nur meinen Handspiegel, und der ist gesprungen. Deshalb genieße ich es, mich wenigstens im Schloss einmal von Kopf bis Fuß zu sehen. Mich in meiner vollständigen Schönheit bewundern zu können. Und dann sogar in einem goldenen Rahmen. Ich sehe mich wie in einem Gemälde. Es steht mir, finde ich.

Ich würde gern malen können wie die Denner, die vor einiger Zeit bei uns war. Sie hat das Lotchen porträtiert.

Esther Denner. Sie ist die Tochter vom alten Maler Denner, den man hier auch noch kennt. Aber der ist schon lange tot. Nun führt die Tochter das einträgliche Geschäft fort. Ihr Talent ist groß. Kennt Ihr sie?

Was wir Frauen doch so vermögen, wenn wir nur dürfen! Aber wem sage ich das? Ihr seid doch auch das feine Spielzeug einer Frau, nicht wahr? Der Königin gar. Darf ich das so despektierlich schreiben, Graf? Erlaubt es mir, denn andererseits sage ich Euch ja auch: Was wäre die Königin ohne Euch. Und was erst wäre ich ohne Euch, mein General.

»So schön sehe ich doch gar nicht aus«, rief das Lotchen, als es sich endlich das fertige Bild der Denner anschauen durfte. Es konnte sich gar nicht satt sehen. Es konnte sich an sich selbst nicht satt sehen. Von Kunst versteht die Prinzessin nichts.

»Dieser herrliche Purpurmantel«, rief die Prinzessin und schlug die Hände vor den Mund vor Freude.

»Wenn du nur so ein Stück hättest«, lachte ich. Denn der prächtige Mantel war eine Zutat der Denner. Sie wird ihn schon oft gemalt haben. Irgendwo abgemalt, und seitdem fügt sie ihn hin und wieder auf ihren Bildern ein, wie ein Koch eine Zutat nimmt.

»Wenn ich erst verheiratet bin«, flüsterte die Prinzessin.

»Das Bild ist es wert, deinem künftigen Gemahl gezeigt zu werden.«

»Ach, wüsste ich doch nur, wer es sein wird.« Das Mädchen wurde über und über rot.

»Und wenn er es erst wüsste«, lachte ich.

Die Denner, Graf, hat erkannt, was wir alle, das Lotchen eingeschlossen, noch gar nicht richtig gesehen hatten: Das Lotchen ist in diesem Frühjahr erwachsen geworden. Bei allen Kindereien, die bei ihm manchmal noch durchbrechen wie neulich in der Kutsche und vor einigen Wochen in der Kirche, die Prinzessin ist nun erwachsen. In ihrem Blick ist das Staunen über die Welt der Neugier gewichen. Und der Skepsis, wie ich gleich hinzusetzen möchte. Sie lässt sich nichts mehr einreden. Sie hat ihren eigenen Kopf. Ihr Geist ist erwacht. Auch schon ihr Hochmut. Und ihr Körper sowieso. Ihr müsstet ihren Busen sehen.

Bislang gab es für die Prinzessin nur die Gegenwart. Ein Wildfang war sie, der allzu gern seine Mutter ärgerte. Und natürlich mich, die Lehrerin. Nicht zu vergessen den Tanzmeister und den Pastor. Mit den Kindern im Ort ist unser Lotchen herumgetobt. Deren furchtbares Platt hat es gesprochen. Ein Backfisch, der dem Pastor noch zu Ostern, ohne dass Leithäuser es erst wahrgenommen hatte, den Saum seines Talars getragen hat wie die Schleppe eines Hochzeitskleids. Einmal durch das lange Kirchenschiff hindurch. Die Prinzessin wird dabei an ihre eigene Hochzeit gedacht haben. Alles prustete – in die Schnupftücher, damit es nur ja leise geschah. Und sogar Durchlaucht lächelte für einen Moment. Leithäuser war dann doch ärgerlich gewesen und predigte mit finsterem Gesicht.

Er predigte übrigens über das Wasser. Zuerst über das Wasser der Taufe. Dann über die Unheil und Zerstörung bringenden Fluten. Über Gut und Böse, Leben und Tod. Über die Sintflut, die nicht ewig dauerte. Das Böse ist sowieso sein Lieblingsthema. Genauer: Wie das Böse zu besiegen ist. Das Böse an ihm ist, unbesiegbar, dass er beim Predigen nuschelt.

Schließlich goss er aus einem Krug Wasser in das Taufbecken. Wer aus der Gemeinde wollte, durfte zu ihm treten, um zur Erneuerung der eigenen Taufe ein kleines Kreuz von seinen tropfenden Fingern auf Stirn oder Hand gezeichnet zu bekommen. Und wer eilte nach diesem Aufruf als Erste nach vorn? Unser freches Lotchen! Der arme Leithäuser!

Wo war ich stehengeblieben? Bei den Kindereien der Prinzessin, richtig. Vorbei, vorbei. Die Denner hat es gleich gesehen. Das Lotchen springt nicht mehr umher wie ein Zicklein. Es schreitet schon, wenn auch noch etwas vornüber gebeugt, was Ihr, göttlicher Spötter, vermutlich wieder einmal als »Last der Glocken« interpretieren würdet. Mit Recht im Falle ihrer oberen Hälfte.

Oh, ich höre schon auf.

Wie oft denke ich, ich sollte die Prinzessin vor dem Mirower Hof retten. Ich sollte sie vor ihrer Zukunft hier retten. Ich sollte sie mit mir nehmen, wie ich schon in meinem vorigen Brief schrieb. Der Gedanke lässt mich gar nicht mehr los, Graf. Soll ich sie davon überzeugen, dass es anderswo auf dieser Welt besser für sie wäre? Was meint Ihr?

Auch das Lotchen liebt die Spiegel. Neuerdings erst. Es putzt sich heraus und dreht und wendet sich. Es kleidet sich freiwillig zu jeder Mahlzeit um. Die Kinder aus dem Dorf hat die Prinzessin vergessen. Sie spricht schon ein erträgliches Hochdeutsch, aber immer noch ein schlechtes Französisch. Ich bewundere ihre Gemütsruhe.

Sie ist bereit, Graf. Bereit für die Hand eines prächtigen Erbprinzen aus Sangerhausen oder Sondershausen. Oder aus Schwedt. Oder aus Gotha. Es wird Zeit ihr zu sagen, was sie da erwartet. Die Pflicht. Und ein abstoßender Ehemann, den sie am Tag ihrer Hochzeit zum ersten Mal sieht. Ein Mann ohne Herzensbildung. Ein Mann, der von ihr Mutterschaft erwartet. Und dass seine Langeweile zerstreut wird. Sie aber langweilt sich tödlich dabei. Oder ein Mann wie unser großer König kommt daher, der seine Frau, Eure geliebte Königin, gar nicht erst beachtet.

Graf, verzeiht, ich habe nichts gesagt.

Auch der Herzogin ist das Erwachen ihrer Tochter aufgefallen. Sie will zu Walpurgis ein Fest im Saal geben. Ein Frühlingsfest, wie sie sagt. Sie ist schon sehr originell, das muss ich zugeben. Die Nacht der Hexen soll der Herzogin Abschied von der Gesellschaft sein. Sie wirkt von Tag zu Tag hinfälliger. Und Lotchen soll als junge Hexe auf dem Besenstiel bei der Gelegenheit in die Gesellschaft eingeführt werden. Aus Lotchen wird Charlotte. Wenn auch noch ohne Bräutigam. Es wird Zeit, Graf. Mal sehen, wer alles auf dem Fest erscheint und was man da so spricht.

Aber was verschwatze ich mich schon wieder. Die Spiegel. Da war ich stehengeblieben. Ich bewunderte mich also im Goldrahmen, als zufällig darin auch Pastor Leithäuser erschien. Hinter mir das Fenster war in die Frühlingsluft und das Vogelgezwitscher hinein geöffnet und spiegelte des Pastors Anblick, wie er aus dem Kavalierhaus trat. Er ist ein hochgewachsener, in sich ruhender Mann von knapp fünfzig Jahren mit einem Gesicht, durch das es manchmal zuckt wie beim Drosten die Augenbraue. Seine Wangen sind eingefallen, die Stirn in Falten gelegt. Wenn man älter wird, lässt sich so etwas wohl nur verhindern, indem man Speck ansetzt und das Zuviel an Haut damit wieder ausfüllt. Leithäuser ist aber so schmal wie eh und je. Die braunen Augen liegen ihm tief in den Höhlen. Seine Lippen sind immerzu in Bewegung, selbst wenn er nicht spricht. Mal zieht er sie zwischen seine Zähne, dann stülpt er sie wieder hervor. Manchmal denke ich, sein Mümmeln gehört zu seinen wohlgesetzten Reden wie das Zielen zum Schuss. Womit ich auch sagen will, dass jedermann gut daran tut, Leithäuser nicht zu unterschätzen. Er nuschelt, aber er beherrscht die Etikette bei Hofe wie kein anderer. Er liebt Gespenster, aber er ist gebildet wie kein Zweiter am Hofe. Er hat das Ohr der Herzogin. Vielleicht gefällt ihr auch nur sein immer noch volles graues Haupthaar, das manchmal unter der Perücke hervorlugt. Und er tätschelt die Hand von Durchlaucht, sehr zu ihrem Wohlgefallen. Unsereiner muss deshalb vorsichtig sein mit ihm. Er könnte uns, Euch und mir, niemals ein Vertrauter sein.

Leithäuser also im Spiegel. In seinem sehr aufrechten Gang – fast sah es so aus, als würde er marschieren – entfernte er sich rasch über den Schlosshof, was im Spiegel so aussah, als würde er die falsche Richtung einschlagen. Er trug einen kleinen Korb in der Hand. Ein seltsamer Anblick für einen Pastor, dachte ich. Als wollte er im Wald Gottes besondere Gaben wie Pilze suchen.

Da endlich fiel mir von Radens Auftrag wieder ein. Die Beichte bei Leithäuser mit dem Ziel, ihm seinerseits die Beichte abzunehmen. Weshalb er in Buchholz gewesen war, ausgerechnet zu dem Zeitpunkt, als der Pfeil erlegt wurde, wenn Ihr mir diesen Ausdruck gestattet, Graf.

Ein Gefühl riet mir, das Schloss durch den ebenerdigen Saal in den Garten hinein zu verlassen. Und richtig. Der Pastor mit seinem Körbchen war nicht hinüber zur Kirche gegangen, sondern in die Lindenallee in Richtung Torhaus abgebogen. Ich lief hinter den Hecken entlang und blieb dadurch verborgen. So verfolgte ich ihn. Am Torhaus blieb er stehen. Er sah sich nach allen Seiten um, was natürlich stutzig machen musste. Dann ergriff er entschlossen die Türklinke und war mit seinem Körbchen verschwunden.

So rasch ich das in meiner umfangreichen Garderobe vermochte, lief ich zum Torhaus hinüber, ging allerdings nicht hinein. Das hätte nur unnötig Lärm gemacht. Ich ging vielmehr um das Haus herum und stieg auf den Wall. Und wieder hatte ich mich nicht getäuscht. Auf der Giebelseite, die zum Wall schaut, hörte ich Stimmen. Sie drangen aus einem kleinen geöffneten Fenster ganz oben unter dem Dach. Ich überlegte, wie ich von außen näher an das Fenster herankommen könnte. Das Torhaus ist kein allzu hohes Gebäude. Der Zufall half mir. An der Fassade lag Holz gestapelt. Daneben stand ein Hackklotz. Der Blitzableiter, mit denen unser regierender Herzog Adolph Friedrich neuerdings alle seine Gebäude ausgestattet hat, war in der Nähe. So konnte ich mich auf den Hackklotz hochziehen. Es war aber eine wacklige Sache. Dann bestieg ich vorsichtig den höheren Holzstapel. Gleichzeitig zog ich mich weiter am Blitzableiter empor. Bequem war es nicht, wie ich da so an der Mauer klebte, Graf. Der Schuh einer Dame ist eher als Gefäß für Rheinwein geeignet denn für eine solche Kletterei. Schließlich war ich so weit nach oben gelangt, dass ich hören konnte, was da oben gesprochen wurde, ohne gesehen zu werden, freilich auch ohne selbst etwas zu sehen.

»Wen hat Er da bemerkt?« Das war unverkennbar die nuschelnde Stimme des Pastors, die einfach nicht zum Amt passen will. »Hier, ich habe etwas zu essen mitgebracht.« Das also war im Körbchen gewesen. Leithäuser war ja aus dem Kavalierhaus mit der Küche gekommen. Dabei kann man sich so einen Mann in der Küche gar nicht vorstellen. Mit dem Körbchen hatte er zu putzig ausgesehen.

Es folgte ein Rascheln. Dann die Antwort: »Den Grützke und seine Frau. Er lief einmal über den Hof, und sie brachte mir etwas zu essen – so wie Ihr, seid bedankt, Herr.«

Die Stimme klang jung und hell. Ich kannte sie nicht. Es ging, stellte ich verblüfft fest, also auch hier um unseren Mordfall. Oder? Und es gab einen Zeugen, von dem der Drost vermutlich noch gar nichts wusste. Meine Neugierde wuchs. Ich versuchte, mich noch ein Stück weiter hinaufzuziehen, um den jungen Unbekannten vielleicht doch erblicken zu können. Aber das gelang nicht.

»Sonst hat Er niemanden gesehen?«

»Später kam ein kleiner Junge. Der rannte aber nur vorüber. Dann der Kutscher, der Niemann. Ich kenne ihn. Der hatte einen Herrn an seiner Seite. Der Herr stieg in die Kutsche. Niemann aber ging dann in Richtung Gasthof zurück. Er musste noch weiteres Gepäck von dem Herrn holen, glaube ich.«

»Und Er hat das die ganze Zeit über beobachtet?« Das war eine dritte Stimme. Die nun kannte ich wieder. Es war die tiefe Stimme des Küsters. Ich sehe den Mann oft. Ein rundlicher, stiller Herr, den ich nicht anders kenne als mit besorgtem Gesichtsausdruck. Fleisch gewordener Pietismus. Sein Name fällt mir eben nicht ein, egal. Er soll aber dem Pastor ergeben sein und viele Kinder haben.

»Was sollte ich denn tun?« Das war wieder die junge Stimme. »Ich saß in der winzigen Kammer fest und war froh, dass überhaupt etwas geschah. Weil ich mich doch schon so langweilte. Und weil ich natürlich Angst hatte.«

»Es ist furchtbar, Angst und Langeweile zugleich zu haben«, warf der Küster salbungsvoll ein.

»Weiter«, drängte Leithäuser, »was geschah weiter?«

»Es war ein bisschen so, als würde der Mann in der Kutsche Hof halten. Erst kam jemand aus Richtung der Felder zu ihm. Das fand ich merkwürdig. Ich sah, wie er einstieg.«

»Wer einstieg?«

»Ich weiß nicht, wer das war. Woher soll ich es auch wissen? Ich fand es nur ungewöhnlich, dass jemand den Weg über die Felder nahm und nicht vom Wirtshaus her kam. Über die Felder – das war doch ein Umweg.«

»Es kam also jemand über die Felder, stieg in die Kutsche und blieb dort?«

»Ich habe ihn nicht aussteigen sehen. Aber ich habe mich dann auch meinem Essen gewidmet. Die Kohlsuppe duftete so wunderbar und ich …«

»Und hast du etwas gehört?«, fragte der Küster.

»Nein, dazu war ich doch zu weit weg. Aber dann trat noch jemand an den Schlag der Kutsche heran.«

»Und wo kam der her?«

»Aus dem Wirtshaus. Da bin ich mir sicher. Er kam vom Wirtshaus und ging über den Hof. Der wollte sich bestimmt nicht verbergen. Jeder hätte ihn sehen können.«

»Auch er stieg ein?«

»Darauf habe ich dann nicht geachtet. Frau Grützke hatte gerade nach mir sehen wollen. Ich fand das freundlich. Wir haben ein wenig geplaudert. Als ich wieder hinsah, kam gerade der Kutscher zurück. Er hatte eine große Tasche dabei, die er mit auf den Bock nahm.«

»Und ab ging die Fahrt?«

»Ab ging die Fahrt. So war es.« Der da sprach, musste wirklich jung sein. Er hatte eine beinahe kindliche Stimme.

»Und der Kutscher hat nicht noch einmal in sein Gefährt geschaut?«

»Nein. Er schwang sich auf den Bock, und die Pferde zogen an. Die Tiere waren schon ganz unruhig.«

»Aber dann muss unser Niemann am Ende doch gleich drei Personen in seiner Kutsche gehabt haben. Angekommen ist aber nur eine.« Der Küster schien verwirrt. Ich war es jetzt auch.

»Und dann auch noch tot«, warf der Pastor ein.

»Ich weiß nicht, ob da der eine schon ausgestiegen und der andere überhaupt eingestiegen war. Ich habe wirklich nicht darauf geachtet. Ich hatte seit zwei Tagen nichts mehr gegessen.«

»Und Er war nicht bei der Kutsche?«

»Um des Himmels Willen. Pastor Behling hatte mich gleich im Morgengrauen in den Verschlag über einem der Ställe beim Grützke gebracht. In aller Heimlichkeit. Er hieß mich dort warten, und ich konnte erst mal schlafen. Und die gute Frau Grützke hat mir etwas zu essen gebracht, wie gesagt. Ich sollte mich nicht von der Stelle rühren, hatte Pastor Behling noch gesagt.«

»Der Mann in der Kutsche war tot, erstochen, und er saß allein, als er in Mirow ankam.«

»Es war gleich das Erste, was ich hier in Mirow hörte. Die Spatzen pfeifen es von den Dächern. Und dass der gute Niemann ins Gefängnis muss. Aber er kann es nicht gewesen sein.«

»Die Spatzen? Bei uns sind es die Krähen«, lachte der Küster, schwieg dann aber abrupt, als der Pastor dazwischenfuhr:

»Er weiß, dass es ein Leichtes wäre, Ihn dem Drosten zu übergeben. Niemand würde Ihm glauben, dass Er unbeteiligt am Tod des Mannes in der Kutsche war. Ein Strolch in der Nähe des Tatorts. Ein Flüchtling, einer, der nichts zu verlieren hat.«

Die Antwort war ein Schluchzen. Dann: »Es wäre mein sicherer Tod. Ihr wisst es, Pastor. Warum sollte ich so etwas tun? Ich bitte Euch. Ich flehe Euch an. Ich habe mit der Sache nichts zu tun. Der Herr ist mein Zeuge.«

»Andererseits ist auch Er ein Zeuge. Ich müsste Ihn schon deshalb dem Drosten übergeben. Hat Er sonst noch etwas gesehen? Irgendetwas Auffälliges an dem Jungen auf dem Hof? Oder an der Kutsche?«

»Der zuerst in die Kutsche stieg, war ziemlich klein und trug einen zu großen Mantel. Erst dachte ich, das sei gar kein Mann.«

»Eine Frau?«

»Ich habe eigentlich nur Ausschau danach gehalten, ob mich einer suchen könnte. Ich hatte Angst, das versteht Ihr doch. Einfach Angst. Aber ich dachte noch, wenn der Mann in der Kutsche ein Stelldichein mit einer Frau hat, dann besteht für mich keine Gefahr. Dann haben die mit sich zu tun.«

»Das sieht aber wirklich sehr nach einem Liebesdrama aus«, räusperte sich der Küster. »Der gehörnte Gemahl tritt hinzu, findet das Paar in flagranti und zückt seinen Dolch …«

»Gottes Wege sind zu ergründen«, sagte der Pastor. »Das wird sich aufklären, der Drost wird es aufklären.«

Beinahe wäre ich abgerutscht auf meinem Posten, Graf, als ich nun endlich begriff: Da wird jemand versteckt. In der Dachkammer des Torhauses, sozusagen mit Blick auf das Schloss. Mit Blick auf die Herzogin. Keine schlechte Idee, dachte ich. Ich erinnerte mich gleich Eurer Geschichte, wie eine der Hofdamen Eurer Königin einst die Briefe ihres Liebhabers – in dem ich wohl richtig Euch vermute – vor ihrem Gemahl verbarg, indem sie diese offen herumliegen ließ.

»Was machen wir mit ihm?« Das war jetzt wieder die tiefe Stimme des Küsters.

»Ich hoffe nur, Er lügt uns nicht an. Wie kann ich Ihn nur zum Drosten bringen, ohne dass ihm …« Leithäuser sprach mehr zu sich und nuschelte dabei so, dass ich den Rest nicht verstand.

»Ich war nicht auf dem Hof. Bestimmt nicht. Ich saß oben im Verschlag. Ich dachte doch die ganze Zeit: Vielleicht sitzt da jemand in der Kutsche, der nach mir sucht«, rief die junge Stimme und klang aufrichtig verzweifelt. »Der mich wieder über die Grenze bringen sollte.«

Aber der Pastor blieb unerbittlich: »Das wäre ein Motiv für Ihn gewesen.«

»Aber ich konnte mich doch unmöglich am helllichten Tag auf dem Hof sehen lassen«, seufzte der junge Mann.

»Da hat er recht«, warf der Küster ein.

»Ja, die Häscher sind überall.« Leithäuser nuschelte derart, dass ich mich sehr anstrengen musste, um überhaupt noch etwas zu verstehen. »Würde Er den zweiten Mann an der Kutsche wiedererkennen? Der über den Hof kam? Ist Ihm an dem etwas aufgefallen? War es womöglich wirklich ein gehörnter Ehemann, wenn Er begreift, was ich damit meine?«

»Ja, ich verstehe«, sagte die junge Stimme, die jetzt etwas zuversichtlicher klang. »Ich würde ihn wiedererkennen. Er stapfte mit großen Schritten über den Hof und hatte gewaltige …«

»He, was macht Ihr da, schöne Dame?«

Die Frage kam nicht von oben, sondern von unten. Also zu mir hinauf. Zum Glück war es mehr ein Flüstern und kein Rufen. Mehr amüsiertes Staunen als Empörung.

Graf, Ihr könnt Euch meinen Schrecken vorstellen. Und der Schrecken ist ein schlechter Ratgeber. Ich wollte nach dem Rufer schauen, wurde mir aber dabei meiner alles andere als vorteilhaften und nur mit Lügen erklärbaren Lage bewusst. Prompt verlor ich den Halt.

»Oh, passt auf«, hörte ich es noch rufen.

Unter meinen Füßen gab der Holzstapel nach. Ich konnte mich zwar noch irgendwie am Blitzableiter festhalten. Aber mir war klar, dass ich jetzt meinen Lauschposten so schnell wie möglich räumen musste, um nicht noch von oben entdeckt zu werden. Bestimmt würde einer der drei aus dem Dachfenster schauen und nachsehen, woher der Lärm kam, den ich gerade verursachte.

Halb war es ein Rutschen, halb ein Schwingen. Ich spürte, wie beim Hangeln am Blitzableiter das Metall meine Hände aufriss.

Aber jetzt war sowieso alles egal. Ich war entdeckt. Also nahm ich allen Mut zusammen und sprang einfach los. Sprang in den Abgrund. Mit einem Ratsch zerriss irgendwo etwas an meiner Kleidung, während ich bedenklich schnell dem Erdboden entgegenflog. In meinen Ohren klang es so laut, als würde unser Herr mit einem Ruck seinen Himmel aufreißen, um für sein Strafgericht auf uns alle herunterschauen zu können.

»Hilfe, um des Herren Willen«, rief es von unten.

Ich landete unsanft und rollte ein Stück den kleinen Abhang hinunter, der zu dem Kanal führt, der hier die Schlossinsel umgibt – und ihn überhaupt erst zur Insel macht. Die Holzkloben, die noch kein Beil gesehen hatten, rollten munter umher, zum Glück schneller als ich, sonst hätte ich mir noch arg wehtun können. Sie erreichten jedenfalls den Gaffer, der mich angerufen hatte, rascher als ich und brachten ihn gehörig zum Stolpern. Fast fand ich es lustig, wie da jemand umhertänzelte, vergeblich Halt suchte und schließlich doch mit einem unterdrückten Schrei stürzte.

»Scheiße mit Zwiebeln.«

Während ich einigermaßen glimpflich auf meinem gut gepolsterten Hintern landete, rutschte der Mann weiter den Abhang hinunter. Die ungebändigten Holzstücke hinterher, dabei noch an Fahrt gewinnend. Ich hörte, wie das eine oder andere mit dumpfem Poltern sein Opfer traf, während der Schwung, den ich hatte, mich nun auch weiterriss, den Abhang hinunter in eine mir unermesslich scheinende Tiefe.

Ich musste an Leithäusers Satz von den zu ergründenden Wegen Gottes denken. Das half mir, nicht den Kopf zu verlieren. Und die Umstände halfen mir auch. Denn wie zuerst der Rufer und dann ich und zwischen uns die Holzstücke in Richtung Kanal fuhren, gleich den Bösen am jüngsten Tag in die Hölle, schlugen über uns die Zweige der Büsche und Bäume, die uns auf unserer Reise wild und vermutlich bis auf das Blut gepeitscht hatten, wieder zurück. Als jemand tatsächlich am Fenster oben erschien, sah er wohl nur sich heftig bewegendes frisches Maigrün. Dass der Holzstapel nicht mehr da war, dürfte keiner der drei aus der Dachkammer bemerkt haben, denn bestimmt hatte niemand vorher darauf geachtet.

Einige der Holzkloben klatschen dann auch wirklich ins Wasser. Erst waren sie so rasch gerollt, verloren aber kurz vor dem Ufer deutlich an Fahrt. Als würden sie zögern und überlegen, ob sich ein Bad wohl lohnen würde. Nicht alle Stücke entschieden sich dafür und viele blieben am Ufer liegen.

Da lag nun auch ich im dichten Schatten und versuchte zu mir zu kommen. Die Vögel um mich herum sangen ungerührt. Ob Vögel im Frühling auch singen, weil sie fröhlich sind?

Meine Reise in Richtung Wasser war eindeutig von einem großen Gegenstand mehr oder weniger unsanft, aber jäh gestoppt worden. Ich richtete mich nach einem Moment der Besinnung auf und sah aus meinem Reifrock, der arg gelitten hatte und an einer Stelle tatsächlich aufgerissen war, mehrere Beulen. Ich befühlte, selbst ganz benommen, die eine. Sie war weich und ließ sich leicht wegdrücken.

Es war eine Perücke, die den dazugehörigen Kopf verloren hatte. Den Kopf gab es als Beule separat. Und die dritte Beule, nahe bei dem Kopf, den ich ertastet hatte, stammte nicht von einem runden Gegenstand, war aber irgendwie auch weich. Als ich erfühlt hatte, was es war, kam mir die Entfernung zum Kopf dann doch unnatürlich weit vor.

Unter mir, ja, in mir lag ein Mann. Ich sah es an den Beinkleidern, die aus dem Rock hervorsahen. Und anhand des Ohres, das ich durch den Rock hindurch erfühlte, hatte ich den Mann schon erkannt, bevor ich wirklich sah, wer es war. Unter mir, in mir lag Bernhard von Plüschow, seine Hakennase an einem intimen Ort, wo sie ganz bestimmt nicht hingehörte und auch nie wieder hingelangen soll. Plüschow rührte sich nicht.

Oben wurde gerufen: »Ist da wer?« Es war der Küster. Aber da eine Antwort ausblieb, schloss man das Fenster. Ich wartete eine Weile, ob die Männer aus dem Dachgeschoss womöglich herunterkommen und nachsehen würden, was da so gepoltert hatte. Aber es blieb alles ruhig. Nur die Vögel sangen vergnügt. Ob Vögel im Frühling auch zu ihrem Vergnügen singen? So vergnügt, wie wir ihnen gewöhnlich zuhören? Egal.

Endlich wagte ich es, mich aus meiner peinlichen Lage zu befreien. Ich rutsche höher, um meinen Rock von dem Mann unter mir abstreifen zu können. Plüschow schlug eben die Augen auf, schloss sie aber gleich wieder, wohl weil er nicht wusste, ob er sich entschuldigen muss oder schon die Himmelstür ins Paradies durchschritten hatte.

Mir war nichts passiert bei dem Sturz, außer ein paar Schrammen an den Händen, dem Riss im Rock und einigen kleinen Blessuren an Arm und Beinen. So konnte ich schon wieder lachen.

»Graf«, sagte ich und betastete seine Stirn, auf der eine große Beule wuchs. »Macht Er das immer so? Geht es nicht ein bisschen galanter? Vielleicht bedarf ich gar nicht eines solchen Überfalls, um erobert zu werden.«

Plüschow richtete sich stöhnend etwas auf und schien dabei zu überprüfen, ob er noch vollständig war. Er war es.

»Ich sah Euch da hängen. An dem Seil. Ich dachte, Ihr bedürftet meiner Hilfe.«

»Das ist kein Seil, sondern ein Blitzableiter. Neumodisches Zeug, das einem die Hände aufreißt, wenn man daran herunterrutscht. Ich werde Handschuhe tragen müssen in den nächsten Tagen.«

»Dagegen ist nichts zu sagen«, erwiderte Plüschow mit schiefem Mund, der erkennen ließ, dass es auch nach dem Unfall bei der einen Zahnlücke geblieben war, die schon vorher dagewesen. »Es steht Euch, Euch steht alles.«

»Seid Ihr mir nachgeschlichen?«

Plüschow griente. Immerhin, er konnte schon wieder mit seinem schiefen Mund schief grinsen. Er stand vorsichtig auf, klopfte sich den Schmutz von seinen Kleidern, so gut es ging, richtete die Perücke und half dann mir auf. Er hielt mich, wie ich fand, einen Augenblick zu lange fest.

Das sollte sich rächen, denn als er mich schließlich losließ und einen Schritt … Das Posthorn!

Ich merke, dass ich Euch vorerst vorenthalten muss, wie Plüschow noch eine ganz andere Prüfung ereilte, die ihn noch mehr lädierte als unser gemeinsamer Sturz. Mehr davon im nächsten Brief. Ich höre das Posthorn und muss eilen, um den Brief dem Postillon noch auf seinen Bock reichen zu können. Das will ich Euch übrigens schon seit längerem sagen. Ich passe auf. Ich gebe den Brief stets selbst ab beim Postillon. Er trägt einen hohen steifen Hut und hat irgendeine englische Vergangenheit, die ihm peinlich ist. Er hat die Angewohnheit, meinen Namen in Demoiselle Gaga zu verdrehen und lacht laut dabei. Entweder hat er meinen Namen tatsächlich nicht richtig verstanden oder er verfügt über einen Rest an englischem Humor. Graf, Ihr wisst, dass ich nichts halte von englischem Humor. Ich halte von ganz England nichts und wünschte, sie gingen dort auf der Insel wenn schon nicht an sich selbst zugrunde, so doch an ihrem unregierbaren Neuengland jenseits des Großen Teichs.

Die Inselkrähen schwärmen auf. Ich höre es durch die geöffneten Fenster. Ein Zeichen dafür, dass die hohen Räder der Postkutsche schon über das Kopfsteinpflaster am Torhaus rasseln. Gleich kommt die Kutsche am Schloss vorbei. Ich eile und schließe deshalb kurz und bündig als Eure sich untertänigst verneigende, Euch zugetane und treue Freundin

Luise Ernestine von Gagern

Die Gruft enthüllt ihr Geheimnis

An Ernst Ahasverus Graf von Lehndorff,
Kammerherr der Königin von Preußen

Mirow, Sonntag, 19. April 1761

Euer Hochwohlgeboren, lieber Graf,
ein paar Tage lang musste ich meinen Postillon mit dem hohen steifen Hut enttäuschen. Und also auch Euch, Graf. Prinzessin Lotchen, das bevorstehende Fest, die Wünsche der Herzogin – mir blieb keine Zeit für Briefe. Das Fest hat eine neue Zeitrechnung hervorgebracht. Alles soll bis dahin getan sein. Durchlaucht hat sogar den Drosten wissen lassen, er solle bis zum Fest herausbekommen haben, wer den Mann aus Hannover umgebracht hat: »Denkt an all die Gesandten, die hier sein werden. Wenn wir es dann immer noch mit einem ungesühnten Verbrechen … Herzog Adolph Friedrich würde niemals kommen, wenn hier immer noch der Mörder frei herumliefe.«

Und was sagt Wilhelm von Raden darauf?

In aller Bedächtigkeit und Ruhe spricht er: »Es wird geschehen, wie Durchlaucht befehlen.«

Ich staunte, aber Durchlaucht meinte nur: »Dann ist es ja gut, Drost. Ich verlasse mich auf Euch.«

Und er verbeugte sich tief.

Aber was tut unser Drost nach so einem gewagten Versprechen? Er schlendert hinüber zur Kirche und trifft dort auf Pastor Leithäuser. Und beide steigen in die Gruft hinab. Nicht gerade des Nachts, aber doch geheimnisvoll. Auch geht es ihnen nicht um die Särge, die uns da übereinander gestapelt im grauen Netz der Spinnenweben vieler Jahrzehnte von der Endlichkeit erzählen. Nein, sie untersuchen eine Nische in der Wand, die Leithäuser für eine Pforte hält

und Raden für eine Geistergeschichte. Sie machen, kurzum, dort weiter, wo sie – Ihr erinnert Euch, Graf – durch das Eintreffen des Toten neulich unterbrochen worden waren.

Woher ich das weiß? Ich will nicht gerade sagen, dass ich den beiden hinterhergeschlichen bin, obwohl es für die Kosboth so aussehen musste. Ich suchte vielmehr den Drosten, um ihm endlich von meinen Abenteuern zu berichten. Von meiner Begegnung mit Plüschow. Von dem merkwürdigen Fremden im Torhaus, und ob der Pastor sich darüber dem Drosten vielleicht schon offenbart hatte – und ich meines Auftrags also ledig wäre. Und wenn nicht, umso interessanter.

Der Küster, dem ich zufällig unter den Linden begegnet war, hatte mich also mit seiner tiefen Stimme wissen lassen, dass Drost und Pastor in der Kirche seien. Dort suchte ich eine Weile vergeblich, bis ich aus der herzoglichen Gruft den Drosten hörte. Die Stimme aus der Gruft. Das war komisch und unheimlich zugleich, Graf. Und dann sah ich den Drosten, und neben ihm stand der Pastor.

Die Gruft hat zwei Etagen. Ich stand in der oberen und sah durch eine Öffnung in die untere. Die Öffnung, groß wie ein Fenster, ist auf Höhe des Fußbodens eingelassen. Sie soll wohl etwas Licht und Luft nach unten lassen. Man muss sich tief bücken, um hindurchblicken zu können.

Zunächst hatte ich gar nichts gesehen. Nur Dunkelheit. Nach und nach gewöhnten sich meine Augen aber daran. Das Dunkel wurde langsam zum Halbdunkel. Irgendwo weit hinten gab es auch einen schwachen Lichtschein. Als ich mich so weit heruntergebeugt hatte, dass ich meinen Kopf durch das schmale Fenster stecken konnte, sah ich eine Kerze brennen. Und als meine Augen sich endgültig an das Dämmerlicht gewöhnt hatten, erblickte ich auch die beiden Herren. Sie hatten offenbar zwei der Kindersärge, die dort ihren Platz haben, etwas beiseitegerückt. Ein Bretterverschlag war zum Vorschein gekommen, der eine Pforte sein mochte, wenn auch eine sehr niedrige. Ich hörte, wie eine Kette klirrte.

»Hier ist das Schloss. Ein bisschen verstaubt, was? Na, versucht es mal mit dem Schlüssel hier.«

»Gibt nicht nach«, ächzte Leithäuser. »Das ist seit Ewigkeiten nicht mehr aufgeschlossen worden.«

»Dann gibt es gewiss etwas zu entdecken, Pastor. Lasst mich mal sehen«, hörte ich den Drosten und kurz darauf, wie ein Brecheisen angesetzt wurde. Ein Knarren, ein Quietschen, ein Ächzen, ein dumpfer Schlag. Dann gaben die Bretter nach. Allerdings nur jedes für sich. Der Drost setzte drei-, viermal an. Und ebenso oft krachte es und splitterte Holz. Drost und Pastor standen in einer Staubwolke. Langsam zog diese zu mir herauf. Ich konnte nur mit Mühe ein Niesen unterdrücken.

»Aber geht es hier weiter?«, fragte Leithäuser hustend nach einer Weile.

»Verdreckt ist es hier, widerlich«, erwiderte von Raden.

»Ein Versteck?«, nuschelte der Pastor.

»Ein rechter Ort für Eure Geister, lieber Leithäuser. Ihr liebt doch die Gespenster.«

»Hier wohnt kein Gespenst. Und erzählt nicht überall herum, dass ich es mit Gespenstern hätte. Gottes Wege sind eben doch zu ergründen.«

Ich hätte den beiden sagen können, was sie da gefunden hatten. Aber ich kam nicht dazu, mich überhaupt bemerkbar zu machen. Eben waren die beiden Männer, immer noch hustend, hinter der aufgesprengten Pforte verschwunden, als ich ein Geräusch aus nächster Nähe vernahm, mich umsah und in das Kätzchengesicht Maria von Kosboths blickte.

»Spionin«, fauchte das Kätzchen und versuchte, mich mit seinen Vorderpfoten hochzureißen. Ich staunte über seine Kraft.

Die Männer in der Tiefe mussten das Miauen gehört haben. Ich hörte ihre rufenden Stimmen. Sie klangen sehr gedämpft.

Die Kosboth trieb mich derweil aus der Gruft wie Jesus die Händler aus dem Tempel. Jesus hatte eine Peitsche, die Kosboth aber trat nach mir.

Sie hat auch den Schritt einer Katze, dachte ich noch. Was man in solchen Situationen doch so beobachtet. Ihren Katzengang! Sie setzt einen Fuß vor den anderen. Ihr Zorn schien zu wachsen, je häufiger sie nach mir trat.

Schon beim ersten Tritt, der mich traf, hatte ich es bemerkt: Die Kosboth hatte an ihren Schuhen rechts und links seltsame Sporen. Das sollte wohl ein besonderer Schmuck sein. Vielleicht etwas Französisches, von dem ich noch nicht gehört hatte. Ein Schmuck jedenfalls, der den Vorteil hatte, sich auch eines Räubers in nächtlicher Gasse erwehren zu können. Oder überhaupt einer lästigen Person. Wie ich offenbar für sie jetzt eine war. Zwei-, dreimal traf sie mich mit an den Waden. Es war sehr schmerzhaft. Zuerst war ich so verblüfft, dass ich mich gar nicht zu wehren suchte. Dann aber war ich auf der Hut. Sie traf mich nicht mehr. Das machte sie noch wütender.

Wir müssen ein kurioses Bild abgegeben haben, Graf. Zwei Damen tänzeln, rot vor Zorn, voreinander her. Ich vorneweg, die Kosboth hinterdrein. Sie versuchte, ihre Sporen in Stellung zu bringen. Ich aber tänzelte ihr voraus, um dem seltsamen Schuhwerk auszuweichen. Die Kosboth schaffte es, mich vor sich herzutreiben. Wir waren so verbissen beschäftigt, dass weder sie noch ich etwas sagten. Wir fluchten nicht einmal. Wir beschimpften uns auch nicht. Nur unsere Schuhe trippelten und schurrten laut auf dem Steinfußboden.

Ich glaubte zu hören, wie die beiden Männer aus der Gruft heraufkletterten. Sie wollten wohl sehen, was da oben nach dem anfänglichen Geschrei passierte. Aber ehe sie heran waren, gab ich auf. Aus der Gruft war ich schon vertrieben. Durch die Kirche aber zu tänzeln, fand ich zu albern. Ich gab Fersengeld.

»Hexe«, hörte ich das Kätzchen noch rufen.

»Schlange«, gab ich zurück.

Graf, zum ersten Mal in meinem Leben habe ich, wie Ihr es ausdrücken würdet, das Hasenpanier ergriffen. Ich frage mich, was die Kosboth so außer Rand und Band bringen konnte. Weshalb war sie in der Kirche aufgetaucht? Von wo war sie gekommen? War sie mir gefolgt? Verfolgt sie mich? Weshalb war sie an mich herangeschlichen? So kätzchenleise, dass nicht einmal das Klirren ihrer Sporen zu hören gewesen war?

Der Hof der Mirokesen ist viel zu klein, um sich aus dem Weg gehen zu können. Also sehen wir uns auch seit dem Vorfall beinahe jeden Tag, das Kätzchen und ich. Oft sogar stundenlang in der Gesellschaft der Herzogin. Wenn wir an der Tapete sticken, wovon ich Euch gelegentlich etwas mehr erzählen muss. Wenn die Kosboth von ihrer Stickerei aufsieht und zu mir herüberblickt, funkelt sie immer noch vor Zorn. Gestern fauchte sie mich an, als wir auf der Schlosstreppe aneinander vorbei mussten. Sie wolle Durchlaucht alles hinterbringen, miaute sie.

Aber was nur?

Diesmal sagte ich: »Hexe.«

Und sie darauf: »Schlange.« So viel Witz immerhin hatte sie. Das versöhnte mich fast schon wieder mit ihr.

Den Drosten aber habe ich seitdem nicht mehr gesehen. So konnte ich ihm noch immer nicht erzählen, worauf er in der Tiefe der Gruft bei den Kindersärgen gestoßen ist.

Aber Ihr, mein Graf, sollt es erfahren.

Erinnert Ihr Euch noch, dass ich Euch von meinem kuriosen Erlebnis mit Plüschow unter meinem Rock geschrieben hatte? Ich war in meinem Bericht stehengelieben an der Stelle, als er mir half, mich nach unserem unfreiwilligen Sturz wieder zu erheben. Wir standen uns gegenüber, er hielt mich – ich hatte geschrieben: für meinen Geschmack etwas zu lange – fest. Das dichte Frühlingsgrün um uns herum war von uns etwas zerzaust worden, so wie es auch uns zerzaust hatte. Ich sah unter dem Blätterdach ein paar morsche Bretter, von der Sonne beschienen, auf dem Erdboden liegen. Ich konnte Plüschow nicht mehr warnen, so rasch war er, ohne eine besondere Absicht, vielleicht nur um sich von mir zu lösen, einen Schritt zur Seite getreten – genau auf die Bretter.

Graf, Ihr wisst nur zu gut, die wahren Katastrophen passieren immer dann, wenn man etwas nebenbei tut und gar nicht recht bei der Sache ist. Als würden sich die Dinge rächen, weil wir ihnen nicht genug Aufmerksamkeit schenken. Als wären sie eitel und nachtragend, genau wie wir Menschen.

Die Bretter splitterten unter Plüschows Gewicht. Der Ton war dem ähnlich, den ich später beim Drosten in der Gruft hören sollte. Und wie in der Gruft war dies hier am Wall neben dem Torhaus eine Tür. Allerdings eine Falltür.

Plüschow verschwand, vergeblich mit den Armen rudernd, um das Gleichgewicht zu halten. Er fiel nicht tief. Der Aufschlag kam gleich nach seinem Abgang. Aber so tief musste das Loch immerhin sein, dass es ihn ganz verschlang. Plüschow war aus meinem Blickfeld verschwunden.

»Scheiße.« Das war das Erste, was ich nach einer bangen Sekunde der Stille hörte. Auf Französisch, selbstverständlich.

»Plüschow, lebt Ihr?«, rief ich unnötigerweise in das Loch hinein. Ich ließ mich, so gut es in meiner Garderobe ging, auf die Knie nieder. »Seid Ihr verletzt? Sprecht doch. Was ist passiert?«

»Scheiße mit Zwiebeln«, vernahm ich es dumpf aus dem Erdloch.

»Plüschow, Ihr vergesst Euch. Aber wenigstens lebt, wer so spricht. Dem Herrn sei Dank.«

Die Antwort war ein Husten. Dann rief es aus dem Loch: »Geht da oben bloß nicht weg, Demoiselle. Wartet.« Abermals Husten. »Das ist ein Keller hier. Ziemlich groß. Oder vielleicht ein Gang.«

»Der Geheimgang, der in keiner Schlossgeschichte fehlen darf.«

»Schade, dass wir kein Licht dabei haben.«

Das Loch unter mir war leer bis auf ein paar Splitter von den Brettern, die mit Plüschow in die Tiefe abgegangen waren. Und die Perücke Plüschows war da. Schon wieder hatte sie den Kopf verlassen, zu dem sie gehörte. Sie hing an einem merkwürdigen Pfahl, der, aus der Seitenwand kommend, gefährlich schräg in das Loch hineinreichte.

Ich konnte am Grund des Loches eine Öffnung erkennen, in der Plüschow verschwunden sein musste. Und richtig, dort tauchte er eben wieder auf, arg verschmutzt. Er trug eine kleine Holzleiter, die er nun anlehnte, um wieder zu mir hinauf ins Freie zu klettern.

»Schaut doch mal.« Er stand auf halber Höhe und lächelte schief. Mit der einen Hand hielt er sich an der Leiter fest. Mit der anderen zog er seine Perücke von dem Pfahl. »An so etwas könnte man sich glatt aufspießen.«

Tatsächlich. Das Ende des Pfahls war nicht nur angespitzt. Es war auch mit Dornen aus Metall übersät.

»Und auf der anderen Seite gab es auch so ein Ding. Aber das ist wohl schon weggefault. Hier, seht, nur noch Reste. Wurde lange nicht benutzt. Eine furchtbare Falle.«

»Das hätte Euch das Leben kosten können.« Ich war nun ehrlich erschrocken.

»Hättet Ihr mich vermisst?« Auch diesmal war in seinem Lächeln keine neue Zahnlücke hinzugekommen, stellte ich erleichtert fest. Ein Glückskind, dieser Plüschow.

»Ein Gang. Ich würde auf einen Gang tippen. Zehn Schritte vielleicht, weiter bin ich nicht gekommen. Dann wird es stockfinster. Offenbar eine Biegung. Aber der Weg geht weiter, ganz bestimmt. Nur, in welche Richtung?«

»Kein Schloss ohne Geheimgang, ich sage es doch.«

»Ich tippe eher auf die Kirche. Wenn ich es so recht bedenke, der Gang führt zur Kirche. Ja, jetzt bin ich mir sogar sicher. Habt Ihr jemals von einem solchen Tunnel gehört?«

»Nein. Aber ich ahne etwas.«

»Was ahnt Ihr? Heraus mit der Sprache. Eine alte Legende? Es gibt in solchen Schlössern immer alte Legenden. Ihr sagt doch selbst, zu jedem Schloss gehört ein Geheimgang.« Plüschow setzte sich die ziemlich zerdrückte Perücke auf. Ein alberner Anblick. Ich musste lachen.

»Nun, was wisst Ihr?« Er kletterte gänzlich aus dem Loch.

»Nichts weiß ich. Ich vermute nur, dass dies ein Schlupfloch der Johanniter gewesen sein könnte. Der letzte Fluchtweg. Hier auf der Insel hatten sie einst eine Niederlassung, eine Komturei, eine Art Kloster. Gut geschützt, abseits der Wege, ringsum Wasser. Einen Wall haben sie sich auch gebaut. Aber für den Notfall haben sie sich noch einen Tunnel gegraben. Vielleicht lag hier unten am Ufer das rettende Boot im Kanal. Oder es gab hier eine Furt. Mochten ihre Feinde über die Brücke und am Torhaus vorbeistürmen, Sieg und Beute schon vor Augen. Die Johanniter lachten sich ins Fäustchen und verschwanden einfach. Erst unter der Erde, dann auf dem Seeweg sozusagen. Und das Nest lag leer da.«

»Bis die Luft rein war.«

»Bis die Luft rein war.«

»Ist jedenfalls lange nicht mehr benutzt worden, der Gang. Alles voller Spinnweben. Und das einzige Lebewesen, was ich sah, war auch schon tot. Seht her, eine Krähe. Eine mumifizierte Krähe.« Er griff in seine Hosentasche.

»Ein nacktes Krähenkind«, sagte ich nur.

Plüschow war enttäuscht. »Nun, wenigstens kein neues Mordopfer. Ich hatte gehofft, Euch damit erschrecken zu können.«

»Probiert es bei den anderen Damen. Die kreischen bestimmt los. Da habt Ihr mehr Vergnügen.« Dann setzte ich hinzu: »Da haben wir wohl ein kleines Geheimnis, Ihr und ich. Kaum seid Ihr hier, haben wir schon gemeinsam ein Geheimnis.«

Plüschow sah schlimm aus. Die Beule, die schon vor seinem Abgang in dem Loch dagewesen war, schwoll immer weiter an. Dazu jetzt noch blaue Flecke, verharschtes Blut an seinem rechten Ohr. Seine Kleidung war voller Spinnweben und Erdklumpen. Er fing meinen abschätzenden Blick auf und lachte mit schiefem Mund. Ein bisschen sah es aus, als würde seine Zahnlücke gleich nach mir schnappen.

»Könnt Ihr unser Geheimnis bewahren, schöne Demoiselle?«

»Könnt Ihr es, Gesandter?«

»Vielleicht. Wenn Ihr mir ein anderes entdeckt?« Er steckte den toten Vogel wieder in die Tasche.

»Und das wäre?« Ich ahnte es. Ich hatte gehofft, er hätte es vergessen. Aber wie sollte er.

»Was um alles in der Welt habt Ihr da oben an diesem, wie hieß das Ding doch, Gewitterstange, nein, Blitzableiter gemacht?«

Ich putzte an Plüschow herum. Er sah wirklich unmöglich aus. Das war Ablenkung. Aber natürlich würde er jetzt nicht mehr lockerlassen. Also hielt ich nach kurzem Zögern mit der Wahrheit nicht länger hinterm Berg: »Ich habe ein Gespräch belauscht.«

»Und gab es etwas Aufregendes? Liebeshändel?« Er wirkte ohne Arg.

»I, wo«, antwortete ich. »Es ging um unseren Toten.«

»So?« Erstauntes Aufblicken. »Hat der Drost da sein Verhörzimmer? Mit Streckbett und Knochenpresse?«

»Seid nicht albern, Plüschow. Ich konnte nichts sehen. Nur hören. Der Drost war nicht dabei. Aber der Pastor. Und der Küster. Und jemand, der in Buchholz beobachtet hat, wer wann zu der Kutsche auf dem Hof ging. Der Kutsche, die uns dann den toten Pfeil gebracht hat.«

»So?«, fragte er noch einmal. Diesmal klang seine Stimme ernst. »Wer soll das sein?«

Ich zuckte mit den Schultern. »Jemand, der dort oben festgehalten wird. Oder besser wohl: Der da oben versteckt wird.«

»Versteckt wird? Dem sollten wir nachgehen.« Plüschow wirkte so eifrig, dass ich glaubte, er wollte tatsächlich gleich losstiefeln.

»Aber, Plüschow. Wir haben kein Recht, uns da einzumischen. Außerdem sollten die Stimmen da oben besser nicht wissen, dass sie belauscht wurden, oder?«

»Wer weiß, was der alles gesehen hat? Und wenn er sich womöglich ausdenkt, was er gesehen haben will?«

»Plüschow«, sprach ich auf den Gesandten ein. »Jetzt wollen wir Euch erst einmal wieder richten. Ihr seid ja ganz aufgebracht. Kommt zu Euch.« Ich hakte mich bei ihm ein und führte ihn langsam in Richtung Garten zurück.

Zuerst mussten wir ein Stück am Wall hinaufklettern und uns dabei gegen die Sträucher einen Weg bahnen. Hinunter ging es leichter. Da standen wir endlich auf dem Gartenweg. Zum Glück konnte man uns dank einer dichten, wenn auch nicht besonders hohen Hecke vom Schloss aus nicht sehen. Plüschow würde sich in seinem Zustand jetzt kaum in Gesellschaft zeigen wollen. Und ich schon gar nicht. Ich führte ihn auf verschwiegenen Pfaden.

»Geht Ihr nicht manchmal zum Pfarrer beichten?«, fragte der Gesandte.

»Das wollte der Drost auch von mir wissen. Aber er meinte etwas anderes.«

»Was denn?«

»Ich sollte nicht beichten, sondern den Pastor ausfragen.«

»Worüber?«

»Weshalb er im Buchholzer Gasthaus war, als der Mord dort geschehen sein muss.«

»Der Pastor war auch da? Aber das macht ja alles noch viel geheimnisvoller.«

Ich nickte.

»Und seid Ihr zur Beichte gegangen?«

»Das wird mich der Drost auch bald fragen. Ich wollte der Bitte wirklich nachkommen, aber dann habe ich Leithäuser nur belauscht.«

»Sagt dem Drosten nichts davon. Er ist ein so grundehrlicher Mann und fände es bestimmt nicht gut, wenn Ihr Euch an einen Gewitterstab hängt und herumlauscht.«

»Blitzableiter«, wollte ich sagen, kam aber nicht mehr dazu. Ich hatte doch den falschen Weg eingeschlagen. Über dem frischen Grün der Hecke vor uns sah ich den Kopf von Rauchbart schweben. Kurz darauf stand sie vollständig vor uns. Dieses Bild von einem Mann. An ihrer Seite die Grabow, mit einem Buch in der Hand und diesem verzückten dunklen Blick, der eigentlich nichts sieht, weil er nach innen gerichtet ist. Unsere Dichterin. Die Damen hatten ihre Sonnenschirme aufgespannt. Das hatte mehr mit der Sehnsucht nach Sonne als dem Sonnenschein heute zu tun. Sie kreischten natürlich auf bei unserem Anblick. Zwei abgerissene Gestalten, die wir waren und die in den Augen der Damen wer weiß was gemacht haben mussten. Mir war, als würde die Grabow Rauchbart gleich wieder ohnmächtig in die Arme sinken. Vielleicht tut sie es gern, und die Ohnmachten sind nur gespielt.

Egal.

Ich hatte eine Idee. Ich übergab den Damen ohne viel Federlesen meinen lädierten Freund. Sollten sie sich um ihn kümmern. Rauchbart schien dankbar dafür. Dankbar dafür, dass ihr an diesem weiblichen Hof endlich auch mal ein Mann in ihr Netz ging, den sie nun nach allen Regeln ihrer Kunst beschützen und pflegen konnte. Die Grabow freilich hatte sich zu fügen. Aber, Graf, ich sah so etwas wie Eifersucht in ihren dunklen Augen aufblitzen.

Sie wollten seine kleinen Wunden behandeln, sagten die Damen. Ihm neue Kleidung beschaffen und ihn vielleicht auch noch endlich Durchlaucht vorstellen.

Was sie aber eigentlich mit Plüschow machen wollten, sagten sie natürlich nicht. Ihn ausfragen. Ihre Neugier befriedigen nach Weiberart.

Plüschow, angegriffen von seinem Sturz, fand sich drein. Wie es die Damen gefreut hat. Ich sah es ihnen an. Sogar noch ihren Hinterteilen, die sie vergnügt schwangen, als sie davonschlenderten. Wie sie ihn in ihre Mitte nahmen, sich bei ihm einhängten und beschwingt und zwitschernd in Richtung Schloss schwebten. Da hatten sie zum Skandal gleich noch dessen Gegenstand.

Fahrt mit Gott, dachte ich. Das Letzte, was ich hörte von den dreien, war ein schriller Weiberaufschrei. Vermutlich hatte Plüschow eben seinen Krähenfund präsentiert. Aber unser Geheimnis würden wir, Plüschow und ich, zu bewahren wissen. Fast jedenfalls. Euch musste ich es natürlich gleich erzählen.

Ich eilte zum Unterricht mit der Prinzessin, die mich wegen meines Aufzugs fragend ansah, aber dann doch nichts sagte. Je näher das Frühlingsfest rückt, desto mehr ist sie mit sich selbst beschäftigt. Vor allem mit der Frage, was sie anziehen soll. Manchmal ist das für mich ein Glück. So wie jetzt.

Ich konnte das Ende unserer Lehrstunde kaum abwarten, um endlich wieder in meiner Dachkammer zu sitzen und Euch mit angespitzter Feder zu berichten. Und um meinem Postillon eine Freude zu bereiten. Heute sehe ich ihn besonders gern. Denn er hat mir versprochen, aus Neustrelitz Lampenöl mitzubringen. Damit ich endlich meine Vorräte auffüllen kann. Ich musste ihn schon mehrfach darum bitten, diesen Schlingel. Es wurde Zeit.

Glaubt es nur, mein hochverehrter Freund, dem untertänigst bis zum letzten Atemzug dienen will Eure Verehrerin

Luise Ernestine von Gagern

Im Gewitterzimmer gewittert es

An Ernst Ahasverus Graf von Lehndorff,
Kammerherr der Königin von Preußen

Mirow, Montag, 20. April 1761

Euer Hochwohlgeboren, lieber Graf,
ich weiß jetzt, wer die Dame ist, der Pfeil und Plüschow so zugetan waren. Einst in Wien. Die Grabow – nein, nicht die Grabow selbst. Aber die Grabow hat es mir erzählt. Und weil die Gegenwart von Rauchbart unvermeidlich ist, wenn man die Grabow aufsucht, denn beide hocken stets zusammen, wurde mir beiläufig auch noch eröffnet, wem jener Mantel gehört, der zuletzt in Buchholz am Gasthof gesehen worden ist. Jener frühlingsgrüne Mantel, wie unser lesehungriger Ferdinand ihn genannt hatte. Der Rauchbar selbst gehört er. Oder vielmehr: gehörte er. Sie findet ihn auf einmal nicht wieder. Merkwürdig, wie? Er sei ihr gestohlen worden, sagt sie. Gestohlen! Was soll ihr auch sonst einfallen, unserem Rauchbart …

Ich wurde von Lotchen unterbrochen. Erlaubt, diesmal mit meinem Bericht etwas ausführlicher zu sein. Nehmt es nicht übel, bitte, wenn das Eure Spannung unnötigerweise steigern mag. Ich lege es bestimmt nicht darauf an.

Oder vielleicht ja doch.

Egal, ich muss aufpassen, bei allem, was vorgefallen ist und mir berichtet wurde, nicht am Ende selbst die Übersicht zu verlieren. Erst recht, wenn ich abermals unterbrochen werde. Also, seid Ihr bereit?

Zunächst: Wien. Eine große Stadt, nicht wahr? Wie groß genau, weiß ich nicht. Wisst Ihr es, Graf? Ich bin noch nie in Wien gewesen. Ich bedaure das. Vielleicht schickt Ihr mich eines Tages auch einmal dorthin. So wie nach Mirow.

Wien wäre mir lieber. Das nehmt Ihr mir doch ab, Graf, auch wenn ich Wien nicht kenne? Ich kenne Mirow, das genügt. Genügt, um Fernweh zu verspüren. Fernweh wie ein Ziehen in der Brust. Fernweh, wohin auch immer.

Wien ist viel größer als Berlin, nicht wahr? Natürlich auch der Hof, ich muss es bei aller Ergebenheit unserem großen König gegenüber vermuten. Ihr aber wisst es bestimmt. Egal. Worauf ich hinaus will: So groß Wien auch sein mag, Johannes von Pfeil und Bernhard von Plüschow, die alten Studienfreunde, trafen sich regelmäßig in einem der Wiener Salons, nachdem es sie zufällig beide zur selben Zeit in die Stadt verschlagen hatte. Plüschow hat davon in der Kutsche erzählt und angedeutet, dass es in der Wiener Zeit zwischen ihnen einen Liebeshändel gegeben hatte. Ihr erinnert Euch, Graf? Der rasche Pfeil war bei der Angebeteten offenbar schneller ins Ziel getroffen als unser etwas langsamer Plüschow. Ich weiß jetzt, auf wessen Herz da geschossen worden ist. Bei der von beiden Verehrten handelte es sich um die Schwester der Grabow. Plüschow hatte in seinem Bericht nicht erwähnt, dass Pfeil und er beim alten Kettenburg verkehrten. Ihr erinnert Euch an den widerborstigen mecklenburgischen Gesandten, der auch Schleswig-Holstein in Wien vertrat? Ich habe einiges von ihm gehört, ohne ihm je begegnet zu sein. Von seinen Töchtern wusste ich schon gar nichts. Die Grabow ist eine davon, stellt Euch vor. Und es gibt die zweite, jüngere.

Graf, erinnert Ihr Euch noch an meinen zweiten Auftrag, den mir Drost von Raden am Ende unserer aufregenden Buchholz-Reise erteilt hatte? »Fragt doch mal die Grabow, ob sie etwas davon weiß, weshalb Pfeil ihre ›Betrachtungen‹ bei sich trug«, hatte er gesagt. Gemeint hatte er ihr gottesfürchtiges Werk, das ja als blutgetränktes Buch auf uns gekommen ist. Ich sollte die Dichterin aufsuchen und fragen, ob sie sich einen Reim darauf machen könne, weshalb Graf von Pfeil ausgerechnet ihre »Betrachtungen« am Herzen getragen hatte. So gefährlich nah am Herzen. So tödlich nah. Und was die merkwürdige Widmung bedeuten mochte: »Verzeih ihm. Helene«.

Wer war Helene? Hatte eine Helene die Widmung geschrieben? Oder galt sie einer Helene? Oder galt sie womöglich der Grabow? Von Helene der Grabow in das Buch eingetragen? Und wenn ja, wem sollte die Grabow verzeihen? Und wie kam Pfeil zu dem Buch? Viele Fragen also.

Nun, ich hoffte für die gute Frau von Grabow, dass die Sache mit dem Buch ein Zufall war. Denn das hätte ihrer Eitelkeit doch am meisten schmeicheln müssen: Da liest ein Reisender ihr – unter uns und mit Verlaub gesagt –

unlesbares Buch einfach so zum Zeitvertreib auf einer langen Reise. Oder wenigstens doch zur geistlichen Erbauung gegen die unbequeme Diesseitigkeit einer schaukelnden Kutsche. Vielleicht auch in der Erwartung, es wäre besser, das Buch zu kennen, wenn man der Dichterin schon bald gegenübertritt.

Was ja wiederum bedeuten würde, dass der Ruf der Grabow, lauter als jeder Donnerhall, sogar bis nach Hannover gedrungen sein müsste. Bis ins Schloss von Hannover müsste er gedrungen sein, so dass eine nach Mirow geschickte Gesandtschaft nicht umhin käme, das Werk gelesen zu haben, bevor sie es wagen durfte, am Mirower Hof vorzusprechen. Dann wäre – Ihr könnt mir noch folgen, Graf? – nicht auszuschließen, dass der dicke Münchhausen, der berühmte Minister, persönlich gegenüber seinem Gesandten von der Grabow und den »Betrachtungen« gesprochen hätte, bevor er ihn auf die weite Reise schickte.

Eine phantastische Vorstellung, nicht wahr? Zu viel Ruhm für eine Dichterin. Nein, mit dem Buch musste es eine andere Bewandtnis haben. Pfeil wusste genau, was er da am Busen trug. Als die Grabow mir die Hintergründe erhellte, ertappte ich mich dabei, mit staunend geöffnetem Mund dazusitzen. Einen rechten Wiener Schmäh bekam ich zu hören, Graf. Ganz nach Eurem Geschmack, hoffe ich.

Es war etwa eine halbe Stunde, nachdem die Herzogin die Tafel aufgehoben hatte. Ich erging mich etwas im Garten. Um die Verdauung zu fördern. Das würde ich jedenfalls gesagt haben, hätte mich jemand gefragt. In Wahrheit aber in der Hoffnung, Plüschow zu treffen. Seit unserem Abenteuer am Torhaus hatte ich ihn nicht mehr gesehen, was an unserem kleinen Hof schon als Merkwürdigkeit durchgehen konnte. Aber ich blieb auch diesmal im Garten allein. Und so betrat ich schließlich wieder das Schloss. In der Diele sah ich mich einem großen Staubwedel gegenüber. Ich fragte ihn nach der Grabow.

»Die Damen haben sich in das Gewitterzimmer zurückgezogen«, antwortete der Staubwedel. Während er sprach, fuhr er hinauf in Richtung Decke, wohl um die Richtung zum Gewitterzimmer anzuzeigen. Dabei enthüllte sich allerdings auch sein Geheimnis. Denn es kam unten die Bedienstete zum Vorschein, die den Staubwedel in der Hand führte. Es war die kleinste, die der Hof der Mirokesen aufzubieten hat und die wegen ihrer Kleinwüchsigkeit ein gefragter Amor ist, wenn wir im Festsaal lebende Bilder stellen. Ihr Name will mir gerade nicht einfallen.

»Wie immer also«, sagte ich und eilte die Treppe hinauf.

Sehr Ihr noch das Portal des Mirower Schlosses vor Euch, Graf? Die Diele? Die rechte Treppe hinauf, nach rechts wenden und durch eine Flucht von drei Räumen. Dann steht Ihr vor der Tür zum Gewitterzimmer.

Ich klopfte nicht sofort. Ich beugte mich vielmehr zum Schlüsselloch, sah hindurch und musste über das, was ich da sah, lächeln. Nun pochte ich an die Tür und riss sie im selben Augenblick auf. Ich war im Zimmer, bevor die Damen hätten aufspringen können. Nur Philipp schoss sogleich in die Höhe. Er ist das Aufspringen gewohnt. Was machte der Hofmohr hier?

»Ja, wer erlaubt sich …«, grunzte Rauchbart verdutzt, obwohl sie mich doch zweifelsohne sogleich erkannte.

Das Gewitterzimmer unterscheidet sich von den meisten Räumen im Schloss dadurch, dass es drei Türen besitzt. Die eine, durch die ich eben gekommen war. Eine zweite, die in jenen Raum führt, in dem wir die Tapete besticken. Die dritte zum Alkovenzimmer, wo Durchlaucht noch ihrer Mittagsruhe oblag.

»Gagern, Ihr habt eine Art, alle Welt zu erschrecken«, bellte Rauchbart jetzt.

»Wir sprachen eben von dem Toten aus der Kutsche, und da stürmt Ihr herein. Fast so, wie der Tote dem Philipp neulich in die Arme gefallen ist«, raunte die Grabow mit ihrer erstaunlichen Stimme, samten, wie ihre Augen.

Die Damen hatten sich unter diesen Worten nun doch erhoben, wenn auch betont langsam, denn verheimlichen konnten sie es nicht mehr, welch intimen Umgang sie mit dem Mohren pflegten. Philipp jedoch war mit rollenden Augen und ohne Gruß an mir vorbeigewatschelt. Stellt Euch vor, Graf, einmal war vor lauter Erregung nur noch das Weiße seiner Augen zu sehen, was in seinem schwarzen Gesicht einen großen Effekt machte. In der Tür stehend, verbeugte er sich noch einmal in Richtung der beiden Damen. Mich aber übersah er. Endlich war er entschwunden. Von seinen Plattfüßen gequält, knarrten die Dielen noch einen Moment lang. Dann trat Stille ein. Nur das Schnarchen von Durchlaucht ließ sich von der anderen Seite her vernehmen, leise wie ein Fliegensummen.

Das Gewitterzimmer, dessen beide Fenster zur Kirche hinüberblicken, ist mit großen Leinwänden verkleidet. Die Malereien darauf zeigen im Vordergrund Vasen und dahinter Landschaften mit einem unter aufgetürmten Wolken sehr blauen Himmel. Landschaften, in die sogleich der Blitz fahren zu wollen scheint, aber nun schon seit vielen Jahren, seit dem Anbringen der Tapete, noch immer nicht gefahren ist.

Die Damen bekämpften ihr schamhaftes Erröten darüber, gleichsam in flagranti entdeckt worden zu sein. Eifrig wedelten sie sich mit ihren Fächern Luft zu. Vielleicht aber, so dachte ich belustigt, taten sie das aus einem ganz anderen Grund. Um sich nämlich Erleichterung zu schaffen in der Schwüle, die sich aus den Bildern mitteilt. Lacht nicht, mein Freund. Die Landschaft wirkt derart echt, dass es einem heiß wird in dem Raum.

Endlich ließ sich Rauchbart wieder vernehmen: »Es hat Philipp arg mitgenommen, diese Geschichte. Wie er den Schlag öffnete. Er mag von nichts anderem mehr sprechen.«

»Der Arme«, setzte die Grabow hinzu.

Ihr müsst wissen, Graf, Philipp, dem in Wahrheit beim Anblick des Toten nichts Besseres eingefallen war, als das Hasenpanier zu ergreifen, lässt sich inzwischen als Held feiern. Jeden Tag erfindet er einen neuen Akt seines Dramas am Rondell und betört die Damen, die seinen blitzenden Augen und seinem strahlenden Lachen nur zu gern glauben. Obwohl sie es besser wissen. Sie waren schließlich dabei, auch wenn die Grabow im entscheidenden Augenblick in Ohnmacht gefallen und Rauchbart damit beschäftigt gewesen war, sie aufzufangen.

Der Tote habe eigentlich noch gelebt, verbreitet Philipp neuerdings. Er habe sogar ein letztes Wort geflüstert. Den Namen einer Dame. Oh je. Natürlich kann Philipp sich an den Namen nicht erinnern. Aber den Dolch in der Brust habe er noch bewundert, sagt er. Weil der einen so hübsch ziselierten Schaft gehabt habe. Und auch das Buch habe er gesehen, das jener Unglückliche am Herzen trug. Philipp beschreibt neuerdings sogar das Gesicht des Mannes in der Kutsche. Erst habe es ein seliges Lächeln gezeigt, als es sterbend den Namen gehaucht. Und dann habe es immer noch gelächelt, als das Auge brach.

Dem Drosten und mir erzählt er solchen Unsinn natürlich nicht. Auch würde er es nicht wagen, in Gegenwart von Durchlaucht davon anzufangen. Aber kaum ist die Luft rein, kaum ist er mit den Damen Grabow und Rauchbar allein, erblühen seine Erzählungen wie unser Garten seit gestern nach einem herrlich warmen Regen.

Philipp fängt davon, nach allem, was ich hörte, übrigens nie von allein an. Die Damen müssen ihn bitten, und das tun sie natürlich gern. Dann lauschen sie verzückt. Ich erwähne das zu seiner Ehre. Aber wenn er einmal angefangen hat, kommt er derart ins Erzählen, dass sein Gerede so phantastisch erscheint, wie er mit seiner dunklen Haut, seinen Pluderhosen und dem Turban einschließlich Feder tatsächlich aussieht. Ein rechter Märchenprinz aus dem Orient. Er will den Damen gefallen, nichts weiter. Welcher Mann will den Damen nicht gefallen. Alles in allem, Graf, gehört unser Hofmohr wohl doch zur Minderheit der ehrenvollen Mirokesen. Aber das nur nebenbei.

Die Grabow und unser Rauchbart hatten im Gewitterzimmer vor einem kleinen, an das Fenster gerückten Tisch wie Wachhunde vor ihrem Knochen gesessen. Sie sitzen merkwürdigerweise einander nie gegenüber, sondern stets nebeneinander. Wirklich, sie sitzen da fast jeden Tag, während Durchlaucht der Ruhe obliegt. Gerüstet sitzen sie da für den Augenblick, da die Herzogin sie ruft. Ich habe freilich nie davon gehört, dass Durchlaucht die Damen je hätte rufen lassen. Aber Gewohnheiten sind hier am Hof alles. Die Gewohnheiten und die Etikette, was in meinen Augen ein und dasselbe ist.

In diese Idylle hinein also war ich geschossen. Als wäre ich der so lange schon erwartete Blitz im Gewitterzimmer. Als aber die Damen bemerkten, dass der Donner ausbleiben würde, beruhigten sie sich etwas und nahmen wieder Platz. Sie deuteten auf den Stuhl ihnen gegenüber, der noch warm sein musste von Philipps in zumindest farblicher Hinsicht knusprigem Allerwertesten.

Bevor ich jedoch auf den Auftrag des Drosten verweisen und eine erste Frage stellen konnte, hob die Grabow schon an: »Ich gestehe alles. Aber ich habe auch nichts zu verheimlichen. Deswegen seid Ihr doch da, Gagern? Um mich zu verhören? Aber ihr müsst mich gar nicht verhören, es genügt, wenn Ihr mir zuhört.« Der Blick der Grabow blieb, während sie so sprach, auf die Kirche geheftet. Vielleicht erwartete sie himmlischen Beistand. »Ich bin unschuldig«, setzte sie hinzu. Als hätte Gott ihr das von seiner Kirche herüber noch schnell zugeflüstert wie ein Souffleur aus seinem Kasten dem Schauspieler auf der Bühne.

Graf, mit einem Wort, die Grabow wusste genau, weshalb Pfeil gerade ihr Buch am Herzen trug. Natürlich hatte es sich längst auch zu ihr und den anderen Hofdamen herumgesprochen, was der Tote bei sich gehabt hatte. Auch des Buches Inschrift wurde schon überall zitiert. Fast möchte ich sagen: »Verzeih ihm, Helene« ist inzwischen bei uns am Mirower Hof zu einem geflügelten Wort geworden, das jeder benutzt, der zur Nachsicht aufrufen will, egal um was es sich handelt.

»Ich wollte dem Drosten nur deshalb nichts von all dem, was ich weiß, erzählen, weil ich mich einerseits davor fürchtete, in den Kreis der Verdächtigen zu geraten. Wie sähe ich da aus? Ich, der ich keiner Fliege etwas zuleide tun kann. Was würde Durchlaucht …«

Ich unterbrach sie: »Und andererseits?«

Die Grabow schwieg und sah immer noch zur Kirche hinüber. Dort schwieg der Souffleur aber offenbar ebenfalls. Schließlich drehte sie langsam ihr Gesicht zu mir. »Andererseits? Nun ja, ich kann vermutlich aufklären, weshalb Pfeil das Buch bei sich trug. Das hat mit mir zu tun. Aber was hat es mit dem Verbrechen zu tun? Nichts. Ich habe keine Ahnung, wer Graf von Pfeil umgebracht haben könnte.«

»Wer ist Helene?«

»Helene? Das ist … Nun, das ist meine – Schwester.«

Ob die Generationen nach uns das Gewitterzimmer noch immer so nennen werden? Den Namen hat die Grabow erfunden. Und die anderen Hofdamen haben ihn sogleich begierig aufgenommen. Es passiert so selten etwas in Mirow. Da sind die Hofdamen schon dankbar, wenn jemand einen dramatischen Namen erfindet für all das Langweilige, das sie umgibt. Als wäre der Hof eine Karawane aus Philipps Heimat, die sich eben in eine Oase retten konnte und sich dort damit unterhält, die Einsamkeit und Hitze der Wüste wortreich zu beschwören.

Wegen der allgemeinen Langeweile bei Hofe auch hat Philipp mit seinen gewagten Erzählungen solchen Erfolg. Und nun hatte mein forsches Eintreten ins Gewitterzimmer ihn ausgerechnet in dem Augenblick gestört, wo er zum Höhepunkt kommen wollte und sozusagen gerade mit weiß behandschuhter Hand die Tür zur Kutsche ergriff, um sie zu öffnen. Ein Abgang wie ein Wetterleuchten, dachte ich, während ich die Tapete musterte.

Wir reden in Mirow übrigens auch deshalb gern vom Gewitterzimmer, weil der Regierende Herzog Adolph Friedrich IV. doch an all seinen Gebäuden Blitzableiter hat anbringen lassen. Ich will darüber nicht scherzen, wie es die Herzogin und folglich alle anderen Mirokesen tun. Ohne Blitzableiter hätte ich schließlich das Dachkammergespräch im Torhaus nicht belauschen können, nicht wahr?

Ich war verblüfft darüber, wie umstandslos die Grabow zur Sache kam. Die Damen hatten gewusst, dass irgendwann auch sie befragt würden. Und sie wussten, dass ich zusammen mit dem Drosten auf Mördersuche war. Vermutlich hatten die Damen sich schon längst besprochen, wie die Grabow es anstellen sollte, ihr Geheimnis zu offenbaren. Und offenbar hatten sie sich entschieden, den Stier sogleich bei den Hörnern zu packen, wenn er nur erst vor ihnen stand. Sie konnten nicht ahnen, dass dieser Stier ausgerechnet in meiner zarten Gestalt vor sie hintreten würde, die, anders als die von Raden, mit einem Stier so wenig zu tun hat wie die Küche von Sanssouci mit der aus dem Mirower Kavalierhaus. Das würdet Ihr doch bestätigen, lieber Graf?

Im fernen Spanien bedarf der Stier des roten Tuchs, um sich zu erregen. In unserer kleinen Gesellschaft jedoch war es anders herum. Ich war der Stier, der bei den Hörnern gepackt sein sollte, und zog das vom roten Herzblut Pfeils besudelte Buch unter meinen Röcken hervor. Worauf die Damen, meine Toreros, vor Entsetzen schnauften wie der gereizte Stier in der Arena.

»Um Himmels Willen, Ihr habt das Schrecknis bei Euch!« Der Grabow wich sogleich alle Farbe aus dem eben noch so rosigen Antlitz.

»Eure Dichtung, liebe Grabow«, erwiderte ich. »Ich könnte auch sagen, das Corpus delicti.«

Ich fürchtete, die Grabow würde abermals eine Ohnmacht am Busen Rauchbarts ereilen. Sie ist viel kleiner als Frau von Rauchbar, auch viel schmaler. Sie hat wirklich hübsche dunkle Augen. Ihr Gesicht ist ein wenig von den Blattern gezeichnet. Aber es ist der Frauen besonderer Reiz, wenn zur völligen Vollkommenheit etwas fehlt. Wem sage ich das, Graf.

Nun, es kam zu keiner Ohnmacht. Es kam viel schlimmer. Was am Busen der Natur der Donner ist, das war hier im Gewitterzimmer der Aufschrei der Grabow am Rauchbart'schen Busen. Und wie in der Natur dem Blitz und dem Donner der Wolkenbruch folgt, so vergoss die Grabow nun Ströme von Tränen. Und wie wir in der Natur ergeben warten, bis das Unwetter vorübergezogen ist, und uns derweil etwas unterstellen, so wartete ich, immer noch die Tapete musternd, auf den Augenblick, da der Grabow Tränenstrom versiegt sein würde. Es dauerte, aber schließlich versiegte er. Denn selbst die Sintflut dauerte nicht ewig, wie Leithäuser neulich nuschelnd gepredigt hatte.

»Tröstet es Euch, dass Graf von Pfeil vor seinem Tod Trost aus Euren Worten empfing?«, fragte ich.

»Wie kommt Ihr auf so etwas?«, fragte die Grabow und wischte sich die letzte Träne aus dem Augenwinkel.

»Er hat immerhin Eure Betrachtungen als Reiselektüre gewählt. Er hätte auch etwas mit Rittern …«

Weiter kam ich nicht, denn jetzt donnerte die Grabow, als wollte sie das nächste Gewitter aufziehen lassen: »Aber der Satan würde das nie lesen.«

»Satan?«, fragten Rauchbart und ich zugleich.

»Ja, Satan. Er liest keine Bücher, schon gar nicht die aus meiner Feder. Las, meine ich. Er ist ja tot, der Graf von Pfeil! Ja, ich kenne ihn. Ich bekenne es. Kannte ihn. Oh, wie gut ich ihn kannte. Er ist der Satan. Und hier schreibt das Helenchen, mein gepeinigtes Schwesterchen, ich solle ihm verzeihen. Ihm! Ihrem Peiniger! Nie! Niemals verzeihe ich ihm.«

Rauchbart bemerkte klug: »Das geht nun auch nicht mehr. Wenn er der Satan tatsächlich war, ist er zur Hölle zurückgefahren. Nach Hause sozusagen. Liebe Grabow, so beruhigt Euch doch.«

Das wirkte. Die Grabow schien gefasster, als sie nach einigem hastigen Hin- und Herblättern das Buch schloss und mir zurückgab.

»Ja, ich kenne Pfeil«, wiederholte sie. »Ich habe ihn ein-, zweimal kurz gesehen. Jahre liegt das freilich zurück. Als er aus der Kutsche fiel, habe ich ihn nicht wiedererkannt. Ich schwöre es. Und ja, ich kenne Helene. Meine Schwester ist auf den Tod krank. Nur deshalb schreibt sie, ich solle Pfeil verzeihen. Sie will in Ruhe sterben, mit sich und der Welt im Reinen. Aber ich verzeihe ihm nicht. Nein, niemals, nach allem, was er meiner Schwester angetan.« Und mit einer Art Triumphgeheul in der Stimme: »Es ist Gottes Gerechtigkeit, dass er vor ihr aus der Welt gehen musste.«

»Aber, liebe Grabow, versündigt Euch nicht. Es war ein Mord. Ein Mord ist niemals gottgefällig«, wandte Rauchbart ein.

Eigentlich hätte ich wissen können, dass die Grabow eine geborene Wienerin ist. Wenn auch geboren als eine Kettenburg, also eine Art mecklenburgische Wienerin. Sie hatte beim Sticken oft genug davon erzählt, aber ich hatte nie recht zugehört. Wie so oft. Mich langweilt das ewige Zwitschern der Hofdamen. Wahrscheinlich hatte die Grabow auch von Helene geredet, ihrer jüngeren Schwester. Die war in Wien geblieben, als Kettenburg abberufen wurde. Wien ist eine große Stadt und doch nur ein Dorf. Denn nun erzählte die Grabow im Gewitterzimmer, wie sich Graf von Pfeil und Helene kennengelernt hatten und alles nach einer glänzenden gemeinsamen Zukunft aussah.

»Sie hat ihn geliebt, wie eine Frau nur einen Mann lieben kann. Er sah gut aus, konnte jede Gesellschaft, ob klein, ob groß, glänzend unterhalten. Und man raunte sich schon damals beim Kaiser zu, welch herrliche Aussichten Pfeil doch bei Hofe habe.«

»Aber Ihr habt Eure Schwester gewarnt?«, fragte Rauchbart. Sie fragte, obgleich sie die Antwort kannte. Denn sie hatte beim Sticken stets zugehört.

»Ich wusste doch, dass es im Leben niemals lohnt, alles auf eine Karte zu setzen. Ich jedenfalls habe das nie getan, und unser Vater auch nicht.«

»Lieber hat er gleich zwei Länder beim Kaiser vertreten, falls eines mal ausfallen würde«, warf ich ein und ärgerte mich sogleich über mein loses Mundwerk. Der Scherz wurde von den Damen jedoch mit gereckten Nasen und gespitzten Mündern übergangen.

»Und dann: der Abschiedsbrief. Er ging fort. Es ist nun einmal so: Wer fortgeht, hinterlässt Freunde, Nachbarn, Bekannte. Das gehört zum Leben. Und die meisten sieht man auch nie wieder. Aber musste Pfeil an jedem Ort, den sein Aufstieg berührte, auch eine Geliebte hinterlassen? So war es in Leipzig gewesen. So war es jetzt wieder in Wien. Und dann stellte sich auch noch heraus, dass es in Wien sogar zwei Geliebte gewesen waren.«

»Welch ein Unhold!«, bellte Rauchbart.

»Welch ein Unhold«, seufzte die Grabow.

Ich dachte darüber nach, was für ein Schicksal es doch ist, vom herrlichen Wien ins stille Güstrow geschleudert zu werden und von Güstrow aus zu den Mirokesen an das Ende der Welt. Vom Olymp in den Hades, vom Paradies in die Hölle. Schlimmer geht immer. Aber, Graf, denkt nicht, dass es der Grabow etwas ausgemacht hätte. Ihr ist der Ort, an dem sie lebt, gleichgültig, wenn ihr nur eine bequeme Wohnung und ein Auskommen gesichert sind. Sie hat ihre Bibel, sie hat Federn, Papier und Tinte. Sie hat eine eigene kleine Bibliothek. Und die herzogliche Bibliothek gehört ihr eigentlich auch schon, denn ich kenne niemanden außer ihr, der sie so regelmäßig nutzt. Sie hat den Garten für ihre Spaziergänge und die Krähen zu ihrer Unterhaltung. Sie hat in Mirow zudem Rauchbart für alle sonstigen Dinge des Lebens, auch für den Fall, dass sie von einer Ohnmacht ereilt wird oder weinen muss. Das alles genügt ihr. An Wien hat sie allenfalls traurige Erinnerungen wegen ihrer Schwester. An Güstrow erinnerte sie der Tod ihres Mannes wenige Jahre nach der Hochzeit. Da musste ihr Mirow wie die Erlösung vorgekommen sein, als sie der Prinzessin zugesellt wurde. Und in dieses Glück fiel nun ausgerechnet Graf von Pfeil ein, der Filou von Wien. Aber kurz bevor er sein Ziel erreichte, ereilte ihn der Tod.

Ich war selbst sprachlos, dass sich nun ausgerechnet die stille Grabow in die Reihe der Verdächtigen einreihen musste. An ihrem Buch war das Messer abgeglitten und in Pfeils Herz gefahren. Würde man sich da bei Hofe nicht fragen, ob sie selbst auch den Dolch geführt habe? Einen Grund hätte sie gehabt, fürwahr. Rache für das Unglück der Schwester.

Während ich darüber noch nachdachte, fuhr die Grabow mit ihrer samtenen Stimme leise fort: »Aber es war dann genauso schrecklich, wie sie versucht hat, ihn umzubringen.«

»Wie? Umbringen? Eure Schwester?«, fragte Rauchbart und ersparte es mir, selbst den Mund aufzumachen.

»Er kam mit dem Brief in der Hand. So viel Mut immerhin hatte er. Er hat beiden Wiener Damen seines Herzens Abschiedsbesuche abgestattet. Bei der ersten war alles friedlich abgegangen. Sie war eine Schauspielerin, die über Pfeils schlechten Auftritt gelacht haben mochte und sich längst anderweitig tröstete. Meine Schwester aber, das gute Helenchen, nahm eine von Vaters Pistolen und legte auf Pfeil an. Sie tat es im Affekt. Und sie wusste natürlich auch nichts von Pistolen. Vielleicht hatte sie geglaubt, das Ding sei nicht geladen. Vielleicht war sie nur zufällig an den Abzugshahn gekommen. Sie drückte jedenfalls ab, und es löste sich ein Schuss. Mitten in unserer Wohnung.«

»Und?« Wir fragten diesmal wieder gleichzeitig, Rauchbart und ich, beide gepackt.

Die Grabow brauchte einen Augenblick, um antworten zu können, und wischte sich mit einem Spitzentüchlein eine Träne aus dem Augenwinkel. »Die Kugel streifte sein Ohrläppchen und schlug dann in ein Gemälde hinter ihm ein. Der alte Hackert hatte es gemalt, den mein Vater gut kannte. Schäfer und Schafe, viel Landschaft drum herum. So ähnlich wie in unserem Schäferzimmer hier im Schloss.«

»Oh, ich werde das Schäferzimmer nicht mehr betreten können, ohne an Euch zu denken«, flüsterte Rauchbart.

»Mein Vater hat die Stelle, wo die Kugel auf der Leinwand den Hütehund fortriss, nicht mehr reparieren lassen. Das Bild hängt heute noch in Güstrow. Wir hatten nach dem Anschlag alle Mühe, Helene vor dem Irrenhaus zu bewahren. Und Pfeil hatte einen Grund, Hals über Kopf aus der Wohnung zu flüchten und Helenen auch noch die Schuld für sein Nimmerwiedersehen zu geben. Er hat furchtbar geblutet. Die Blutspur zog sich durch das Treppenhaus bis auf die Straße hinaus.«

»Und das Ohrläppchen war hin. Genau wie der Hütehund«, meinte ich.

»Ach ja, Ihr habt die Leiche gesehen und das fehlende Ohrläppchen. Ich sah Pfeil das letzte Mal … Lasst mich nachdenken. Lange jedenfalls vor dem Abschiedsbrief. Das Ohrläppchen war noch dran.«

»In Buchholz habt Ihr ihn nicht gesehen?«, fragte ich.

»Gagern!«, rief Rauchbart empört.

Die Grabow aber antwortete nicht. Sie schien ganz in Erinnerung versunken.

»Es war furchtbar. Helene hat so gelitten.«

»Und ruft Euch doch auf, dem Mann zu verzeihen«, sagte ich.

»Sie hat ihm dann sogar die Pistole geschenkt, viel später, als er schon in Hannover war. Sie hat ihm verziehen. Aber sie ahnte auch, dass ich das nie getan hätte. Ich glaube, sie selbst konnte es nur, weil sie weiß, dass sie nicht mehr lange zu leben hat. Sie will mit unser aller Herr im Reinen sein, wenn sie ihre letzte Reise antritt.«

»Dabei ist sie vielleicht nur deshalb so krank geworden, weil Pfeil ihr das angetan hat«, bemerkte Rauchbart.

Graf, wart Ihr es, der mir einmal von der Unergründlichkeit der Stillen sprach? In die das Leben wie das Wasser in einen Mühlenteich ruhig hineinfließt. Und wo dann auf einmal alles wild dahinrauscht und mit sich fortreißt, wenn jemand doch einmal das Wehr öffnet. Bei Helene muss es so gewesen sein, als sie die Pistole ergriff. Könnte man sich aber Friederike Elisabeth von Grabow mit einem Dolch in der Hand vorstellen? Einem Damendolch, zugegeben. Hatte sie einen Hinweis ihrer Schwester erhalten? Wusste sie, wann Pfeil in Buchholz sein würde? Wie unberechenbar solche stillen Menschen doch sind.

Ich stand auf. Rauchbart hatte ihren Arm um unsere Dichterin gelegt. Rauchbart ist bei Hofe bekannt dafür, überall beschützen und helfen zu wollen. So sehr, dass es schon wieder aufdringlich ist. So wie neulich bei Plüschow, als ich ihn den Damen nach seinem Sturz übergeben hatte. Sie zögerte keinen Wimpernschlag, Plüschow in ihren Arm zu nehmen. Die Grabow hätte, ich sah es ihr an, viel lieber ihren Spaziergang fortgesetzt. Aber sie musste sich ihrer Freundin fügen. Vielleicht gibt Rauchbart nur deshalb so gern den beflissenen Mirower Johanniter, um von ihrem großen Körper und ihrem Damenbart abzulenken.

Als wäre sie nichts weiter als ein Schutzmantel für andere. Und genau aus diesem Grund so üppig.

Ach, à propos Schutzmantel. Ich war schon auf dem Weg zur Tür, als ich die Damen beiläufig fragte, ob sie etwas über einen grünen Mantel wüssten. Ich erzählte, dass ein Zeuge eine Gestalt in einem solchen Mantel in Buchholz an Pfeils Kutsche gesehen haben will.

»Was für ein Zeuge?«, fragte die Grabow.

»Nun ja, der Zeuge ist ein Buchholzer Junge. Ich denke, ich verrate kein Geheimnis, wenn ich das erwähne. Er saß zufällig auf dem Abtritt und sah durch das Herzfensterchen. Er sprach von einem frühlingsgrünen Mantel.«

»Im Abtritt«, empörte sich Rauchbart.

»Ihr habt so einen, nicht wahr?«, wandte sich die Grabow an ihre Freundin, die sogleich aufsprang. »Ich meine, so einen Mantel.«

»Ich war noch nie in meinem Leben in diesem schrecklichen Buchholz. Ich weiß nicht einmal genau, wo das liegt«, bellte sie und bekam einen roten Kopf.

Ich versuchte sie zu beruhigen: »Der Junge sagte aber auch, dass der Mantel demjenigen viel zu groß gewesen sei, der da an die Kutsche herangetreten war.«

»Aber Ihr habt doch so ein Stück, liebe Rauchbar. Frühlingsgrün, genau. Aus Breslau. So habt Ihr es erzählt.« Die Grabow sah zwischen Rauchbart und mir hin und her.

»Stimmt das?«, fragte ich.

Einen Augeblick lang war es still. Nur aus dem Alkoven nebenan drang ein leises Seufzen der Herzogin. Dann antwortete Rauchbart: »Ich will es nicht leugnen. Ein uraltes Modell, längst aus der Mode.«

»Darf ich es mir anschauen?«

Rauchbart zögerte. Ich sah, wie in ihrem Bärtchen Schweißtropfen perlten.

»Oder wollt Ihr uns erzählen, dass Ihr ihn weggegeben habt? Und jemand anderes …?«

»Nein, nein. Ich habe auf das Ding seit Jahr und Tag nicht mehr geachtet. Es hängt in meinem Schrank. Es müsste dort hängen. Ich wüsste nicht, wie anders … Ja, gehen wir nur. Gehen wir und sehen nach, bevor Durchlaucht erwacht. Nein, Durchlaucht muss jeden Moment erwachen. Liebe Grabow, Ihr bleibt besser hier. Ich lasse Fräulein von Gagern einen Blick in meinen Schrank tun und bin sogleich wieder da.«

So kam es. Rauchbart und ich gingen schweigend die zwei steilen Treppen hinauf in das Dachgeschoss, wo wir beide wohnen – ich allerdings auf der Nordseite gleich neben der Prinzessin, sie genau gegenüber, sozusagen über dem Gewitterzimmer. Sie rauschte vorweg, ich hinterdrein. Vor ihrer Tür fingerte sie unter dem Rock einen Schlüssel hervor und schloss auf. Das Zimmer war, ganz im Gegensatz zu meinem, aufgeräumt und duftete nach Lavendel. Auch aus dem gewaltigen Schrank, der spielend ihre gesamte Habe aufnehmen konnte, roch es erstaunlich gut. Da hing nun ihre Garderobe über einer Holzleiste. Erst die Kleider, dann die Mäntel. Rauchbart schob Kleidungsstück für Kleidungsstück von rechts nach links. Sie hat mehr anzuziehen als ich, Graf!

Rauchbart suchte lange. Sie kam ordentlich ins Schwitzen. Von einem grünen Mantel fehlte jede Spur.

»Hier hatte ich ihn hingehängt. Das müsst Ihr mir glauben, Gagern.«

»Ihr habt Ihn wirklich nicht verborgt? Oder verschenkt? Seid Ihr Euch sicher?«

Sie schüttelte den Kopf.

»Liebe Frau von Rauchbar« – um ein Haar hätte ich tatsächlich Rauchbart gesagt – »manchmal ist es auch ein wichtiger Fund, etwas nicht zu finden.«

»Was wollt Ihr damit sagen?« In diesem Augenblick hätte wohl sie sich gern an den Grabow'schen Busen geworfen.

Ich blieb streng: »Das dürfte der Beweis sein, dass der Mörder von Pfeil aus Mirow kam. Und dass Ihr ihn kennt.«

»Aber, ich weiß doch nicht … Wer sollte …? Mein Zimmer …«

»Oder habt Ihr der Grabow den Mantel geliehen?«

Rauchbart sah mich empört an: »Ihr verdächtigt wohl jeden. Wollt Ihr die Grabow und mich in den Mord hineinziehen? Damit Ihr endlich einen Verdächtigen habt? Weil Ihr die richtige Spur nicht findet? Wie sollen wir Damen …«

»Liebe Rauchbar«, unterbrach ich sie. »Ich muss dem Drosten berichten. Vermutlich wird er Euch ein paar Fragen nicht ersparen können. Ich verdächtige niemanden. Ich tue nur, was der Drost mir aufgetragen hat.«

Ich ging. Ich spürte, wie sich ihr böser Blick in meinen Rücken bohrte. Ich lief die Treppe hinunter. Die Tür zum Festsaal stand offen. Ich schlüpfte hinein und trat noch einmal an das Fenster, wie neulich, als die blutgetränkte Kutsche vorgefahren war. Ich stützte mich auf den Sims.

Mir ist, anders als der Grabow, der Ort nicht gleichgültig, an dem ich bin. Dass ich hier unter den Mirokesen sitze, ertrage ich nur, weil ich Euch liebe und weil ich weiß, dass mein Aufenthalt hier enden wird. Bald womöglich schon. Ich bin so gern unterwegs, und die Welt ist so herrlich groß. Schlimm genug, dass ich hier in Mirow festsitze, aber noch nie in Wien gewesen bin.

Oh, wie viele Blätter ich diesmal mit meiner Tinte gefüllt habe. Findet Ihr mich geschwätzig, Graf? Es wird Zeit, den Brief zu siegeln und auf die Post zu geben. Gleich sehe ich meine beiden Damen wieder. Wir sticken an der Tapete weiter. Die Herzogin sagte vorhin, sie habe seit Langem nach dem Mittagsmahl nicht mehr derart herrlich geruht wie heute. Richtig rosig sah sie aus. Wenn sie wüsste, was ich schon weiß: Dass der Drost sein Versprechen nicht wird halten können. Ich meine das Versprechen, den Mörder des Grafen von Pfeil bis zum Frühlingsfest gefunden zu haben.

Und weil ich eben beim Schreiben meine Tulpenvase aus Rheinsberger Steingut vor mir auf dem Tisch stehen sehe, verfalle ich auf diesen Vergleich: Der Strauß der Verdächtigen, den ich dem Drosten inzwischen gebunden habe und den ich ihm nächstens überreichen werde, ist gar zu bunt, um darin den wahren Täter finden zu können, nicht wahr?

Jetzt doch etwas in Eile bleibe ich in großer Verehrung untertänigst Eure

Luise Ernestine von Gagern

Am Weinberg fallen Schüsse

An Ernst Ahasverus Graf von Lehndorff,
Kammerherr der Königin von Preußen

Mirow, Donnerstag, 23. April 1761

Hochwohlgeboren,
ich habe gesündigt. Ich konnte nicht widerstehen. Mein Kopf zwar widerstand. Mein Leib jedoch nicht. Mein Leib hat über meinen Kopf gesiegt. Ich bin derart fassungslos über mich, dass ich Euch sogleich alles beichten will.

Es handelt sich um von Plüschow, den Gesandten aus Mecklenburg. Vor vier Tagen erst hatte ich ihn nach unserem Unfall, bei dem er unter meinen Röcken landete, kurzerhand Rauchbart und der Grabow ausgeliefert. Dann sah ich ihn nicht mehr. Und jetzt war er schon wieder unter meinen Röcken. – Gestern tauchte er auf einmal wieder auf. Er sagte zu mir: »Wie Ihr da oben am Torhaus hinget, dachte ich, das sieht aber elegant aus. Als hättet Ihr es geübt. Als tätet Ihr das häufiger.«

»Ich habe Euch erzählt, was mich in die missliche Lage gebracht hatte. Redet nicht mehr davon. Ich bitte Euch.«

»Und wie Ihr dann gesprungen seid. Das war mutig. Chapeau.«

»Ich sticke auch gern«, entgegnete ich. »Ihr müsstet einmal den Damenzirkel bei Durchlaucht besuchen. Ihr würdet staunen und hättet etwas in Euer Schwerin zu berichten. Wir besticken die Tapete für einen kompletten Raum im Schloss. Gleich neben dem Saal, zur Gartenseite hin. Eine bemerkenswerte Arbeit. Eine Idee der Herzogin. Sie versteht sich auf das Sticken wie keine sonst.«

»Nichts von Handarbeit, liebe Gagern. Die Damen erzählten mir auch, dass Ihr eine wilde Reiterin seid. Frau von Grabow ist ganz neidisch.« Er ließ sich nicht ablenken.

»Oh, es wird so viel erzählt. Vor allem aber bringe ich der Prinzessin das Schreiten bei. Die Eleganz der Bewegung, ohne die sie bei Hofe nicht bestehen kann. An welchen Hof sie auch immer kommen mag. Da ist nichts Wildes dabei. Nur feine Kultur.«

»Und wie ich höre, interessieren Euch sogar Verbrechen. Ihr weicht dem Drosten nicht von der Seite, wenn er Licht ins Dunkel zu bringen sucht. Ihr verfolgt Pastor Leithäuser. Ihr erschreckt die Damen bei Hofe, indem Ihr einfach so in die Tür fallt. So wird erzählt. Ganz schön geschwätzig, der kleine Mirower Hof. Frau von Kosboth meinte gar, dem Raden sei es schon ganz unheimlich, wie ernst Ihr die Mördersuche nehmt. Und, offen gestanden, mir geht es auch so.«

»Und auf dem Frühlingsfest bin ich die beste Tänzerin. Glaubt mir nur, Graf. Gewährt Ihr mir einen Tanz? Aber denkt daran – zuerst habt Ihr die Prinzessin aufzufordern. Es ist ihr Fest.«

»Deswegen bin ich hier«, lachte Bernhard von Plüschow mit schiefem Mund, »wegen der Prinzessin.«

»Ich auch«, sagte ich und versuchte ebenfalls zu lächeln.

Wir warteten in dem Raum, den sie hier im Schloss Mirow die Rote Audienz nennen und der tatsächlich gänzlich rot ausgeschlagen ist. Ein bisschen zu viel von der Farbe des Blutes, für meinen Geschmack. Aber vielleicht empfinde ich das auch erst seit unserem Todesfall so. Wir warteten, von Durchlaucht empfangen zu werden. Es sollte um das Frühlingsfest gehen. Worum auch sonst? Es geht, ich sagte es Euch schon, Graf, um nichts anderes mehr am Hof der Mirokesen.

Da fragte Plüschow in die Stille hinein: »Schießen könnt Ihr auch?«

Ich muss bekennen, er hatte mich mit seiner Frage bei meiner Ehre gepackt. »Wenn ich es nicht verlernt habe«, entgegnete ich ihm. – Hättet Ihr mir abgeraten so zu antworten, Graf? Ihr hättet, ich weiß es. Aber, wie gesagt, ich bin diesem merkwürdigen Mann zugetan. Seit unserer Fahrt in der Kutsche bin ich ihm zugetan.

Plüschow wollte sehen, wie gut ich schieße. Ich mochte es ihm nicht abschlagen. Ich war ja selbst ganz neugierig, ob ich wohl noch treffen könnte. So wie einst.

»Zeigt es mir.«

»Wann?«

»Heute oder nie.«

Wir ritten nach der Mittagstafel bei der Herzogin zum Weinberg hinaus, wo der Wein angebaut wird, den man am Tisch von Durchlaucht serviert bekommt. Saures Zeug. Egal.

Wir hatten auf die Schnelle nur zwei schwarzweiß gescheckte Pferde gefunden.

»Das passt zu Eurem Hof«, lachte Plüschow. »Als wären es Kühe. Hoffentlich sind sie wenigstens etwas schneller.«

Sie waren es. Wir ritten zuerst Schritt, kamen dann in vergnügten Trab und galoppierten schließlich los, kaum dass wir das letzte Haus von Mirow passiert hatten.

Plüschow nickte anerkennend, als wir oben auf dem Weinberg angekommen waren. Der Berg ist freilich nur ein Hügel. Er heißt Berg, weil er für sich in Anspruch nehmen kann, weit und breit die höchste Erhebung in der platten Seenlandschaft zu sein. Wir sprangen ab und banden die Pferde an.

Plüschow zog aus seinem Wams ein Miniaturbild unseres großen Königs. Innerlich erstarrte ich. Er ging zu einem alten Wagenrad, das da vergessen an einen Baum gelehnt stand, wohl weil ihm ein paar Speichen fehlten. In die viereckige Öffnung in der Mitte stellte er den König. Dann maß er die Schritte ab.

»Von hier. Einverstanden?«, sagte er schließlich und machte eine einladende Bewegung. Ich trat neben ihn.

Er schob sich seinen Hut mit einer Pfauenfeder daran ins Genick, zog ohne Umschweife die Pistole, lud, zielte und schoss.

Er staunte, als ich unter meinen Röcken eine eigene Pistole hervorzog. Eine kleine. Eine Pistole für die Dame. Ein hübsches Modell, fein gearbeitet. Der Griff ganz zart. Wie bei meinem Dolch.

Ich tat nur so, als würde ich zielen. Ich schieße nicht auf den preußischen König, Graf. Also verfehlte ich. Dann war er wieder dran. Jeder durfte dreimal laden und dreimal schießen. So hatten wir es ausgemacht. Einmal gab es ein helles Plong, nachdem ich geschossen hatte. Ich hatte wohl den rostigen Metallreifen um das Rad herum getroffen.

Unter uns lag das Reich der Mirokesen im Frühlinsgrün, im weißen und roten Schaum der Obstblüte, im Blau eines weiten Himmels. Der Kirchturm überragt die kleine Welt der gedrängt stehenden Häuser, wenn auch nur um ein weniges. Ich meinte, dort sogar den Krähenschwarm aufsteigen zu sehen. Aber so genau war das auf die Entfernung nicht auszumachen. Die Glocken allerdings waren zu hören, ein fernes, dünnes Geräusch. Die Sonne stand hoch. Schon war etwas von der Mattigkeit des Sommers, der da kommen würde, zu spüren. Den großen See der Mirower jedoch, der auch die Schlossinsel umspült, kann man von hier aus zwischen den schon grünen Bäumen bestenfalls ahnen.

Die Pferde grasten. Das Schießen störte sie nicht. Wir hätten uns wohl besser ins frische Gras fallen lassen sollen, als hier allein aus Spaß herumzuknallen und die Stille zu stören, dachte ich. Wenn das Durchlaucht wüsste. Wenn Ihr das wüsstet, Graf. So dachte ich, etwas schläfrig geworden.

Nach den sechs Schüssen ging Plüschow zum Medaillon. Er nahm es aus dem Wagenrad und betrachtete amüsiert den großen König. Ich musste es nicht sehen, ich wusste es auch so. Der König hatte drei Treffer abbekommen. Von Plüschow ist ein guter Schütze.

»Ich wette«, rief er, »ich habe dreimal getroffen und Ihr gar nicht.«

Er kam auf mich zu, das Bild in der Hand. Ich spannte, hob die Pistole, sah ruhig in sein erschrockenes Gesicht, zielte und schoss.

Ich traf. Natürlich traf ich. Die Feder flog ihm vom Hut, wobei durch den Druck auch der Hut seinen Halt auf dem Kopf verlor und hinter ihm lustig dahinpurzelte, sich zwei-, dreimal überschlagend.

Plüschow stand einen Augenblick lang wie erstarrt. Dann drehte er sich langsam um, ging die paar Schritte zurück und hob seinen Dreispitz auf, als wäre nichts geschehen. Er pustete ein paar Gräser von der Krempe. Schließlich schlenderte er langsam zu mir zurück. Das musste ich nun wieder bewundern.

Ich lächelte ihm entgegen und zeigte meine kleinen scharfen Zähne.

»Himmel, seid Ihr süß«, sagte er. Er legte seinen Kopf etwas schräg, als er hinzusetzte: »Scheiße mit Zwiebeln. Ich glaube, ich habe mich nass gemacht.«

Ich entgegnete: »Ich glaube Euch kein Wort. Reiten wir zurück? Beim nächsten Mal schieße ich Euch ins Herz.«

Dann schoss er. Nicht mit seiner Pistole, die er in seinen Gürtel gesteckt hatte. Er schoss mit gespitzten Lippen. Dieser merkwürdig schiefe Mund. Und dazu diese Lippen. Diese weichen Lippen. Graf, kurzum, ich gab den Kuss zurück. Ich bin in meinem Leben noch nie so geküsst worden. Heftig erwiderte ich den Kuss. Obwohl mir mein Kopf doch sagte, es sei besser, sich auf den Rückweg zu machen.

Wir fielen ins maifrische Gras und lädierten abermals unsere Kleidung. Diesmal freilich freiwillig. Wie mich meine Garderobe stört beim Reiten. Und nun erst bei der Liebe unter freiem Himmel. Oh, es war schon peinlich. Über uns hatte eine Kastanie ihre Kerzen aufgesteckt. Und auch er hatte seine Blüte aufgesteckt. Und was für eine! Ich sah die Kastanienblüten sich im Wind leicht wiegen, während wir, Plüschow und ich, uns duellierten, diesmal mit anderen Waffen. Aber dann auch wieder … Ich erlag ihm, Graf. Er kann küssen! Er kann … Dieser Bub …

Nein, diese Mecklenburger. Vor allem die mit den abstehenden Ohren. Die mit den Hakennasen. Aber was erzähle ich da. Er kommt aus dem Rheinland. Er ist nur wegen seiner Laufbahn in Schwerin. Ich hatte es für ein paar Momente ganz vergessen. Ich hatte mich selbst vergessen.

Graf, entschuldigt. Die Pferde sind mit mir durchgegangen, sozusagen.

»Du musst mir meine Feder ersetzen«, flüsterte er, als wir wieder zu uns kamen. »Oder am besten gleich den ganzen Hut.« Er kitzelte mich mit einem Grashelm. »Er ist sowieso schon ein bisschen schäbig.«

Ich fragte: »Was willst du hier? Was willst du bei den Mirokesen? Wozu haben dich die Schweriner geschickt?«

»Aus dem gleichen Grund, aus dem du hier bist.«

»Woher willst du meine Gründe kennen? Die Herzogin suchte eine Hofdame, die der Prinzessin ein bisschen Kultur beibringen könnte. Die Königin von Preußen, genauer gesagt deren Kammerherr, hat mir die Stelle vermittelt. Ich bin ihnen dankbar dafür, der Königin und ihrem Kammerherrn. Ich bin gern in Mirow.« Der letzte Satz war gelogen.

»Wenn du sonst nichts zu tun hast hier, dann hilf mir, das Vertrauen der Prinzessin zu erlangen.«

Ich lachte. »Dafür brauchst du mich doch nicht. Sie ist schon ganz verliebt in dich. Hast du es nicht bemerkt? Schon neulich, als wir dich in der Kutsche mitnahmen.«

Plüschow richtete sich etwas auf. Starke Schultern hat er. Und Haare auf der Brust, so dicht, dass ich mich am liebsten darin versteckt hätte. Wie Odysseus seine Gefährten im Fell der Schafe, als sie aus des Zyklopen Höhle flohen.

»Natürlich bin ich wegen der Prinzessin hier«, sagte er ernst. »In Schwerin reden sie alle noch vom Jahr 52. Da standen die Schweriner Truppen schon in Strelitz. Der Prinz von Mirow war gestorben und sein Sohn noch unmündig. Da meinten sie in Schwerin, das sei die Gelegenheit, aus zwei Mecklenburg wieder eines zu machen. Regiert von Schwerin aus, versteht sich.«

»Und Elisabeth Albertine hat's verdorben. Das war der größte Triumph der Mirokesen, glaube mir. Was für eine Frau, unsere Herzogin. Ich bewundere sie.«

»Was für eine Demütigung für die Schweriner. So etwas vergessen sie nicht.«

»Aber die Mirower haben dafür auch ihren Preis gezahlt. Jeder Adlige vom Land kann seitdem der Herzogin auf der Nase herumtanzen. Und sie? Sie hasst sie alle, und zeigt doch überall Haltung.«

»Jedenfalls will Schwerin nicht, dass Prinzessin Charlotte in Hände kommt, die den Schwerinern nicht passen.«

»Du sollst also die Prinzessin bewachen, damit nicht noch einmal so etwas passiert wie 52? Du Held?« Ich musste wieder lachen.

»Wir wollen keine Heirat, die Strelitz mächtig macht und uns schwächt.«

»Ob der Tote, ich meine der Graf von Pfeil, wegen der Prinzessin auf dem Weg nach Strelitz war? Ob er deswegen sterben musste?«, fragte ich. »Und wenn ja, stecken dann die Neustrelitzer dahinter? Der Zesterfleth? Oder gar der Herzog selbst? Ich mag es nicht glauben. Ein bisschen jähzornig ist er ja, unser Adolph Friedrich, aber er scheint mir kein Tyrann zu sein, der Leute umbringen lässt.«

Plüschow dachte einen Augenblick lang nach. Dann sagte er: »Pfeil wollte nicht nach Neustrelitz. Er hatte die Kutsche ausdrücklich nach Mirow bestellt. Und im Gasthof hatten wir einander noch versprochen, uns hier zu sehen. Er wollte zum Mirower Hof, nichts weiter. Und ich wette, es war jemand von den Mirokesen, der ihn umgebracht hat. Um genau das zu verhindern, seine Ankunft hier am Hof.«

»Angekommen ist er ja.«

»Lebend, meine ich.«

»Du meinst also, er ist wegen der Prinzessin umgebracht worden? Um zu verhindern, dass er sie hier bei uns trifft?« Ich sah Plüschow an. Es war wieder so wie neulich im Neustrelitzer Schloss. Die hoch stehende Sonne machte seine Ohren zur Glorie.

Er aber ließ sich in diesem Augendblick ins Gras zurückfallen. Dort angekommen, sagte er: »Ich habe noch einen ganz anderen Verdacht.«

»Nun?«

»Es sollte gar nicht Pfeil treffen.«

»Sondern?«

»Es sollte mich treffen.«

»Wie kommst du auf so etwas? Du warst doch auf dem Weg nach Neustrelitz.«

»Aber Euer Herzog Adolph Friedrich hatte nichts Eiligeres zu tun, als mich nach Mirow abzuschieben. Und der ganze Hof wusste davon. In Mirow genauso wie in Neustrelitz.«

»Da war Pfeil allerdings schon lange tot«, entgegnete ich. Dann aber hielt ich die Zeit für gekommen, ihn zu überraschen. »Erzähl mir von Helene, der Wiener Helene, meine ich. Falls du da etwas verwechseln könntest, unter deinen Damenbekanntschaften, beim Namen Helene. Was weißt du über Helene von Kettenburg?«

Diese Frage traf, wie zuvor mein Schuss die Feder. Er sah überrascht auf. Sein Gesicht verfinsterte sich.

Und ich spürte doch tatsächlich so etwas wie Eifersucht: »Sie war nicht so freigiebig mit ihren Reizen wie ich mit meinen, was?«

Er hatte sich wieder in der Gewalt. »Bitte, erinnere mich nicht an diese unselige Geschichte. Pfeil hat sie gekriegt, und später hat sie auf ihn geschossen. Aber das hat man mir nur erzählt. Ich war da schon weg aus Wien. Es ist lange her, und ich hatte meinen Verkehr bei den Kettenburgs damals sogleich eingestellt, als Helene anfing, mich kühl zu behandeln. Wie sollte sie auch anders. Sie musste wählen zwischen zwei Galanen, und sie hat es getan. Unglücklich natürlich.«

»Der eine Galan ist nicht besser als der andere«, warf ich ein.

Das amüsierte ihn. Er küsste mich. »Du hast recht, Schöne.«

»Du hättest dich ihrer Schwester widmen können.«

»Ja, sie hat eine Schwester. Von ihr war hin und wieder die Rede, aber gesehen habe ich sie nie. Sie muss älter sein. Sie lebte, glaube ich, zu unserer Zeit auch gar nicht mehr in Wien.«

»Aber du kennst sie.«

»Nein, ganz bestimmt nicht.«

»Doch, sie hat hier sogar schon deine Wunden geleckt. Mit Vergnügen, wie ich glaube.« Nein, diese Eifersucht in meinen Worten! Diese alte Plage. »Hast du wirklich gar keine Idee, wer es sein könnte?«

»Nicht die geringste.«

»Vielleicht jemand, der hier am Hof lebt?«

»Doch nicht die Grabow?« Plüschow wirkte so verblüfft, dass ich, ohnehin von ihm im Herzen beseelt und im Unterleib erfüllt, seiner Überraschung sofort glaubte. »Daher die merkwürdige Widmung in dem Buch … Ich hatte schon immerzu darüber nachgedacht.« Er lächelte mit schiefem Mund: »Aber die Grabow wird doch nicht …? Oh, nein. Unmöglich. So etwas kann sie nicht angerichtet haben.«

»Was angerichtet?«

»Ich meine, sie kann ihn doch unmöglich umgebracht haben. Sie kannte Pfeil doch kaum. Hat sie ihn überhaupt je gesehen?«

»Doch, das hatte sie.«

»Aber das liegt alles viele Jahre zurück.«

Ich nickte. Ich sah sein Erröten. Wir hatten uns erhoben, richteten uns wieder her und banden schließlich die Pferde los, die vor Freude darüber wieherten.

Da fiel mir wieder das Torhaus ein. Und sein merkwürdiger Bewohner oben im Dachzimmer.

»Graf, neulich hattet Ihr es so eilig, ins Torhaus zu kommen. Aber ihr wart viel zu lädiert.«

»Und dann habe ich es vergessen. Gagern, gut dass Ihr mich erinnert.«

»Jetzt oder nie.«

»Noch vor dem Tee? Eine großartige Idee. Reiten wir. Wieso redest du auf einmal wieder so förmlich mit mir?«

Das hatte ich gar nicht bemerkt. Ich saß auf.

»Dann los. Schauen wir uns das Phantom aus der Dachkammer mal an, das alles gesehen haben will.«

»Ein kleiner Überraschungsbesuch.« Auch Plüschow saß auf, hielt aber plötzlich inne und sah, wegen der Sonne eine Hand vor Augen, angestrengt in die Richtung, wo das alte Rad am Baum lehnte.

»Schau nur«, flüsterte er. »Könnte sein, dass wir hier gar nicht so allein waren, wie wir dachten.«

Tatsächlich schien es dort drüben, als würde ein Busch sich heftig bewegen, und das nicht allein vom Wind. Auf einmal war uns sogar, als würden wir sich entfernendes Hufgetrappel hören.

»Es ist an diesem kleinen Hof wie an allen anderen Höfen, mein Lieber«, lachte ich.

Prompt antworte er: »Nichts bleibt geheim.«

»Aber lass nur.« Ich ritt dicht an ihn heran und legte meine Hand zärtlich auf eine entscheidende Stelle. »Ich habe dich gern unter meinen Röcken. Und ich würde es auch der Rauchbar sagen und all den anderen Weibern bei Hofe. Meinetwegen mögen sie vor Eifersucht platzen, wie es gerade deine Hose tun will.«

Er aber war doch allen Ernstes in Gedanken schon ganz woanders: »Wie stellen wir es mit dem Phantom an?«

»Du liebst doch gerade Wege, wie du mir eben erst bewiesen hast. Wir reiten zum Torhaus und stürmen es.«

»Wirklich noch vor dem Tee?«

»So soll es sein«, rief ich und gab meinem Gescheckten die Sporen.

Das war der Start für ein wildes Rennen zurück. Wir brauchten nur wenige Minuten und sprangen ab. Im Torhaus hätten wir den riesigen Staubwedel, der überall zu sein scheint, fast überrannt. Der rief uns hinterher: »Wen suchen die Herrschaften? Da ist niemand.«

So war es tatsächlich. Das Zimmer im Dach lag still im Frühlingslicht. Es wirkte so, als sei hier seit Wochen niemand gewesen. Auf dem Fensterbrett lag innen eine Staubschicht und außen Blütenstaub. Sollten wir das dem Staubwedel noch sagen?

Wir entschieden uns anders. Plüschow zog mich für einen Kuss an sich heran. Ich ließ es geschehen, ein bisschen mit schlechtem Gewissen.

»Ich habe Pfeil in der Kutsche gesehen«, flüsterte Plüschow, als ich noch mit geschlossenen Augen dastand.

Erst jetzt fiel mir wieder der unvollendete Satz der jungen Stimme ein. Jemand sei auf die Kutsche zugegangen. Mit großen Schritten und mit gewaltigen … Ohren. »Mit gewaltigen Ohren«, wird er zum Pastor gesagt haben. Mit abstehenden Ohren.

»Ich weiß«, sagte ich.

»Wie bitte?«

»Das Phantom hat es erzählt. Seine Beschreibung – er hat dich beschrieben, Plüschow.«

»Es war schrecklich. Alles an Pfeil zuckte. Seine Augäpfel irrten umher. Sie trafen mich. Ich weiß aber nicht, ob er mich noch erkannt hat. Er wollte noch irgendetwas sagen. Die Lippen bewegten sich. Sie waren schon weiß.

Und dann war es aus. Die Augen verloren den Halt. Es war furchtbar.« Er sah mich von der Seite an. »Aber ich war es nicht. Ich habe ihn nicht umgebracht. Das müsst Ihr mir glauben. Ich hatte Grund genug, ihn zu hassen. Das wisst Ihr. Aber umbringen? Irgendwo an einem Gasthof, den ich mein Lebtag zuvor nicht betreten hatte? Nein. Das dürft Ihr nicht glauben. Ich war es nicht. Der Himmel ist mein Zeuge.« Er breitete tatsächlich die Arme in Richtung Himmel aus.

»Ich weiß«, wiederholte ich. »Aber jetzt bist *du* auf einmal wieder förmlich.«

Als wir wenig später nach unten stiegen, wurden wir schon erwartet. Der Drost stand da. Ein bisschen zu selbstgefällig, wie ich fand. Er war allein, und er schaute streng.

Ich wartete seine Fragen nicht ab, sondern erzählte sogleich, was wir gesucht hatten. Es sprudelte nur so aus mir heraus. Dass im Torhaus offenbar jemand verborgen gewesen war. Jemand, der zudem behauptete, schon in Buchholz zufällig und ohne es zu ahnen Zeuge des Mordes an Pfeil geworden zu sein. Dass Pastor Leithäuser davon wusste und der Küster, auch Gastwirt Grützke samt Frau. Dass Leithäuser und der Küster vermutlich auch jetzt wüssten, wo der Unbekannte sei. In der Dachkammer sei er jedenfalls nicht mehr. Davon hätten wir uns eben überzeugt.

Wie ich dazu gekommen war, das Gespräch der drei belauscht zu haben, erzählte ich lieber nicht. Auch nichts von der Grube, in die Plüschow gestürzt war. Und schon gar nichts von Plüschows Geständnis. Auch mein Begleiter schwieg.

Raden zuckte mit der Augenbraue. Er war zornig, ich hatte es gleich gesehen. »Und dann gebt Ihr mir nicht Bescheid. Ihr könnt doch hier nicht auf eigene Faust herumstreunen. Die Neugier der Weiber! Aber dazu später.« Er sah aus seinen mit Güte getarnten Augen zwischen Plüschow und mir hin und her. »Graf«, sagte er schließlich zu Plüschow, »dürfte ich Euch für einen Augenblick in einer wichtigen Sache allein sprechen?« Zu mir gewandt meinte er, halb schon über die Schulter: »Die Geschichte könnt Ihr mir nachher noch einmal ausführlich erzählen. Und erklärt mir dann bitte auch, weshalb Ihr mir neulich in der Kirche nachspionieren musstet.«

Die beiden Männer entfernten sich in Richtung Schloss. Die Kosboth hatte also geplaudert. Hatte sie auch erzählt, wie sie mich zu vertreiben wusste? Kannte der Drost ihr seltsames Schuhwerk? Dieser Teufel von einem Weib! So viel Falsch in einem so hübschen Gesicht!

Oh, Graf, ich höre wieder einmal Eure mahnende Stimme. Ich habe mich an diesem Tag gleich zweimal hinreißen lassen. Ich bringe es wieder in Ordnung, versprochen.

Ah, eben kommt Euer Brief. Wie Ihr es versteht, jemanden aufzumuntern, von dem Ihr noch nicht einmal wissen könnt, dass er gerade der Aufmunterung bedarf. Tausend Dank! Eure Idee freilich ist abenteuerlich. Die Prinzessin für einige Zeit vom Hof entfernen? Bis sich alles wieder beruhigt hat? Der große preußische Hof macht sich erstaunlich viele Gedanken um eine kleine Prinzessin, nur weil sie heiratsfähig geworden ist.

Ich bin schon still. Graf, ich tue, was ich kann. Euch gilt meine unverbrüchliche Zuneigung, Dankbarkeit und Liebe.

Luise Ernestine von Gagern

P.S.: Im Unterschied zu meinem lieben Plüschow habe ich eine Ahnung, wer da hinter den Büschen auf der Lauer lag und unseren Liebestaumel beobachtet hat. Vielleicht wollte der arme Drost, angelockt von den Schüssen, endlich mal etwas zum Lachen haben. Viel kann er jedoch nicht gesehen haben. Das Gras stand hoch genug, um ein Liebesnest zu verbergen. Aber ich bin auf der Hut, Graf. Und ich habe auch schon eine Idee.

In der Töpferstraße brennt es

An Ernst Ahasverus Graf von Lehndorff,
Kammerherr der Königin von Preußen

Mirow, Sonntag, 26. April 1761, morgens

Mein teurer Freund und Ratgeber,
die meisten Häuser in Mirow bestehen aus Fachwerk. Dieses ist mit Lehm gefüllt. Mit Lehm und Stroh, um genau zu sein. Die Dächer sind mit Rohr gedeckt. Das gibt es hier allerorten günstig, rund um die vielen Seen in diesem schönen Landstrich. Man erntet es im Winter, wenn das Wasser gefroren ist. So wird in armen Gegenden gebaut. Mirow ist immer schon arm gewesen. Ich habe in meiner Zeit hier manches Mal fast den Eindruck gewonnen, die Leute wären stolz darauf. Aber was bleibt ihnen auch anderes. Sie kennen nichts anderes als ihre Armut.

Allein die herrschaftlichen Bauten sind hier aus Backstein gemauert, zuallererst die beiden Schlösser – das auf der Schlossinsel als dem Sitz der alten Herzogin und das Untere Schloss an der Straße. Das Untere Schloss, Lotchens Geburtshaus, wird nur noch gelegentlich genutzt. In wenigen Tagen soll es wieder einmal so weit sein, wenn dort Gäste des Frühlingsfestes ihr Quartier nehmen.

Auch das Torhaus, das Kavaliergebäude dem Schloss gegenüber und die Johanniterkirche sind aus Stein errichtet. Freilich allein die Außenmauern, wie Ihr wisst. Die Wände im Innern bestehen wie in jeder kleinen Hütte dann doch wieder aus Fachwerk, gefüllt mit billigem Lehm und Stroh.

Die Steinmauern bieten natürlich mehr Schutz vor Flammen. Was mit Fachwerk, was mit Rohrdächern passiert, wenn es brennt – wir haben es, Graf, in Rheinsberg gesehen, damals, kurz bevor der Kronprinz König und Eure Herrin Königin wurden. Steht ein Fachwerkhaus in Flammen, dann lodert bald schon der ganze Ort. Wie in Rheinsberg stehen hier in Mirow die Häuser fast überall so dicht, als müssten sie sich gegenseitig stützen. Oder vielleicht auch: Als würden sie ängstlich aufeinanderhocken. Und dabei lauert genau darin die Gefahr. Fängt die gedrängte Reihe an irgendeiner Stelle Feuer, so ist es, als werde eine Lunte an ein Pulverfass gelegt. Schon greifen die Flammen nach den Nachbarn. So wie Kronos seine Kinder fraß, unbarmherzig, eines nach dem anderen. Sind die Häuser und Gehöfte der Umgebung verdaut, ist der Feuerteufel aber noch immer nicht satt. Er hat sich mit seinen unzähligen Zungen vielmehr eine solch verschlingende Kraft angefressen, dass er nun wild durch die Straßen tanzt, schlimmer und vernichtender als jeder Krieg unseres großen Königs.

Zumeist bricht der Brand im Dach aus. Hin und wieder durch Blitzschlag, häufiger durch Funkenflug aus der Esse. In Mirow gibt es sogar noch Rauchfänge aus Holz.

Dabei sind sie wegen der Feuergefahr längst verboten. Ein Funke genügt. Das Rohr brennt gut. Ein kurzes Schwelen und Glimmen, dann ein trockenes Knistern, ein Auflodern – vorbei. So schnell, dass über den Türen der Häuser und Ställe Gitter angebracht sind, die das brennende Rohr wenigstens so lange aufhalten sollen, bis die Hausbewohner entkommen sind. Fünf, sechs Minuten müssen dafür reichen. Mehr Zeit bleibt nicht, das nackte Leben zu retten. Dann fällt der Feuerball, der das Dach inzwischen ist, in sich zusammen und setzt den Rest in Flammen. Nun können die Leute nur noch gottergeben dastehen und ohnmächtig zuschauen, wie ihr Besitz vor ihren Augen rasch verlischt. Wenn sich dort, wo ihr Haus stand, nur noch ein heißes Ruinenfeld erstreckt, raucht es aus diesem noch Tage später und knackt leise. Es klingt wie ein Wimmern.

Manchmal bricht der Brand auch an einer Feuerstelle im Haus aus. Eine vergessene Kerze kann ebenfalls die Ursache sein. Oder jemand ist über seinen Tabakgenuss eingeschlafen, während sein Pfeifchen noch glühte.

Es kommt, Ihr wisst es ja selber, Graf, auch vor, dass der Brandherd außerhalb des Hauses liegt, irgendwo am Erdboden. Ist das Gebäude hoch genug, müssen sich die Flammen erst einmal bis zum Dach emporarbeiten, um dann endlich, wie zur Feier darüber, es bis nach oben geschafft zu haben, im beschriebenen Feuerball aufzujauchzen.

Das Haus vom Drosten in der Töpferstraße war stattlich. Jedenfalls für Mirower Verhältnisse. Zuerst brannte das Holz des Fachwerks. Nein, es glomm nur, denn die starken

Balken fangen so schnell nicht Feuer. Seht Ihr es vor Euch? Die Flammen leckten in langen Zungen an den Balken. Als wäre das Holz noch nicht nach dem Geschmack des roten Teufels.

Aber wenn das Gebälk nur erst glimmt, brennt das Stroh dazwischen schon lichterloh. Es ist rasch verzehrt und für den Teufel leicht verdaulich. Aus dem Stroh schlagen so kräftige Flammen, dass irgendwann auch die Balken auflodern. Das knallt dann ordentlich. Als werde eine Kanone abgefeuert. Und wie bei einem Kanonenschuss steigt der Rauch in den Himmel auf. Das ist der Augenblick, in dem alles aufloht und vergeht. Kurz darauf regnet es Asche. Manchmal glüht sie noch im Niederfallen. Ein Feuerwerk des Teufels. Die Hitze wird unerträglich. Eine Höllenhitze. Wenn das passiert, wenn nicht mehr zu unterscheiden ist, ob das Prasseln von den Flammen oder vom niedergehenden Ascheregen kommt, dann ist es um das Haus geschehen. Wie die Stichflamme hoch in den Himmel zuckt! Als wollte die Hölle Gott da oben die Vergeblichkeit seiner Werke zeigen.

Die Mirower wehren sich gegen das Feuer, so gut sie es verstehen. Sie haben sogar eine Feuerverordnung. Erlassen hat sie Wilhelm von Raden. Gleich als er damals Drost wurde, hat er sie erlassen. Natürlich nahm er die preußischen Regelungen zum Vorbild. Es soll ihn viel Überredungskunst gekostet haben bei den Mirowern.

An jedem Haus müssen Ledereimer neben der Tür bereitstehen, dazu je nach Hausgröße Leitern. Holzeinbauten im Dach sind nicht erlaubt, woran sich freilich niemand hält. Auch darf eigentlich feuergefährliches Gut nicht im Haus gelagert werden. Wer aber will so genau bestimmen, was feuergefährlich ist? Nach der Vorschrift müsste es jeden Monat eine Feuerbeschau in den Häusern geben, also eine Kontrolle der Feuerstätten und der Schornsteine. Wie aber, Graf, soll der Drost einen ganzen Ort kontrollieren? Es herrscht deshalb ein großer Schlendrian unter den Mirokesen. Sie verwechseln das mit christlichem Glauben und Gottvertrauen. Der Herr wird es richten. Der Herr gibt und der Herr nimmt. Und der Feuerteufel ist nur die glühende Seite des Herrn im kühlen Himmel.

Eine Feuerwehr haben sie auch in Mirow. Aber natürlich viel einfacher als in unserem Berlin. Die Feuerwehr ist ebenfalls Radens Verdienst. Er ließ, auf herzogliche Kosten, eine Handspritze anschaffen, die in einer Scheune auf einem der Hinterhöfe in der Schlossstraße steht. Die Leute nennen sie übrigens Feuerspritze, was zeigt, dass sie nicht viel auf solche Neuerungen geben. Neuerungen sind ihnen des Teufels. Sie vermehren nur das Unglück. Mit der Feuerspritze gegen das Feuer ziehen. Da haben die Mirower Hühner etwas zu gackern, nicht wahr?

Egal. Gottlieb Niemeier, unser Unglückskutscher, gehört zu jenen, welche die Handspritze bedienen dürfen, die wissen, wie man die Schläuche aus Leder ineinandersteckt und an die Pumpe anschließt. Die Feuerwehrleute, wenn ich sie so nennen darf, kennen alle Wasserquellen im Ort. Hier ist es der nahe See, dort ein Brunnen.

Brennt es, so lässt Pfarrer Leithäuser die Kirchenglocken lange und aufgeregt läuten. Dann rennt auch schon alles durcheinander, um zu retten, was zu retten ist. Auch die Feuerwehrleute, die der Drost eingesetzt hat. Freilich, bis sie mit ihrer Spritze anrücken, dauert es. Sie müssen das Fahrzeug aus dem Unterstand rollen, sich erst ein oder zwei Pferde suchen, welche die Spritze an den Unglücksort ziehen. Oder sie müssen mit Manneskraft ziehen und schieben. Und was soll eine so kleine Spritze mit ihrem winzigen Alarmglöckchen ausrichten, wenn der Teufel hohnlachend umhertanzt, um alles in Rauch und Asche aufgehen zu lassen?

Wie an vielen anderen Orten hat es in Mirow schon so oft gebrannt, dass die Kirchenbücher davon nur noch beiläufig berichten. Auch die Schlossinsel ist dabei nicht verschont geblieben. Ihr kennt, Graf, die Geschichte mit dem niedergebrannten Kirchturm. Der Turm war freilich aus Fachwerk. Aus Fachwerk besteht auch der neue Turm, der dank Eurer Herrin, der Königin von Preußen, den Mirowern aus preußisch-königlicher Schatulle bezahlt wurde.

Mich tröstet das. Aber die Mirower reden nicht gern darüber. Sie mögen die Preußen nicht. Und unseren großen König schon gar nicht. Obwohl Rauchbart immer wieder davon erzählt, wie es gewesen sei, als der König, als Kronprinz noch, die Mirokesen besucht hat. Er habe im Garten gestanden und auf seiner Flöte gespielt. Das will Rauchbart selbst gehört haben, damals, als sie Eurer Herrin Elisabeth Christine die Brandschäden an der Kirche zeigte.

Ich glaube ihr kein Wort. Sie will sich stets nur wichtig machen. Sie wollen sich hier alle und zu jeder Zeit nur wichtig machen.

Es war schon dunkel gestern Abend und der Ort eben in den Schlaf gesunken, als das Haus Radens, in der Töpferstraße gleich neben dem Mecki gelegen, brannte. Und diese Nachbarschaft war für den Ort zumindest Glück im Unglück. Denn zwischen dem Gasthof und dem Haus des Drosten ist eine Durchfahrt, so dass die Flammen es

nicht schafften, überzuspringen. Es war glücklicherweise windstill an diesem Abend. Auf der anderen Seite des Raden'schen Hauses gibt es kein weiteres Gebäude. Was dort stand, ist vor einiger Zeit abgerissen und durch einen Garten ersetzt worden. Einen ungepflegten Bauerngarten, wie sie bei den Mirowern typisch sind, alles kreuz und quer gepflanzt. Und das in den reinen Sand, den sie hier Boden nennen.

Aber ich will nichts dagegen sagen. Genau diese Umstände nämlich haben Mirow vor schlimmerem Unglück bewahrt. Dass der Drost keine direkten Nachbarn hat und dass alles auf Sand gebaut ist. Aber das Fachwerkhaus vom Drosten selbst, das war nicht zu retten. Ausgerechnet die Wohnung des Mannes, dem Mirow seine Feuerverordnung und Feuerwehr verdankt. Kurios, nicht wahr?

Die Flammen waren auf der Hofseite ausgebrochen. Eine ausgebrannte Kanne wurde dort gefunden. Womöglich, ja sogar höchstwahrscheinlich war die Kanne mit Lampenöl gefüllt gewesen. Sie stand in einem Holzverschlag direkt an der kleinen Veranda, die den Hauseingang zum Hof hin bildete.

Sollte ausgerechnet der Drost brennbares Gut ausgerechnet dort gelagert haben? Unmittelbar neben dem Hauseingang? Wo er selbst doch genau das immer wieder verboten hat? Nun, vielleicht wusste er nichts davon. Das Personal kümmert sich um die Wirtschaft, Leute, die wohl von seinen Anweisungen für das Gemeinwesen nicht viel wissen.

Raden konnte das große Haus vor Jahren für wenig Geld von einer alten Witwe kaufen. Damals, als er aus Preußen kam. Die Witwe behielt ein Wohnrecht für zwei Zimmer, starb aber kurz darauf. Erstaunlich, nicht wahr, der rasche Tod? Da die Witwe ohne Anhang war, soll sie ihn sogar zum Erben ihres allerdings bescheidenen Vermögens gemacht haben. So erzählen es sich die Mirokesen. Grün wie Brennnessel werden sie dabei vor Neid.

Auf dem Hof gibt es nur ein kleines Stallgebäude, in dem der Drost sein Brennholz lagert. Der kleinen Mirower Feuerwehr gelang es gegen alle Hoffnung, dieses Hofgebäude zu retten. Niemann hielt den Wasserschlauch darauf, so dass das Holz gar nicht erst zum Brennen kam. Und, wie gesagt, es war windstill. Auch der Drost hatte also ein wenig Glück im Unglück an diesem Abend, Graf.

Kaum waren die Kirchglocken losgebraust, sah mich die Schlossstraße schon unterwegs. Ich konnte so schnell sein, weil ich noch bekleidet gewesen war und mir nur meinen Mantel hatte überwerfen müssen. Die Nächte sind doch noch sehr kühl. Ich ließ mich vom Feuerschein am Himmel leiten, und vom Brandgeruch. Ich wusste es so einzurichten, dass ich mit der Feuerwehr am Haus des Drosten eintraf.

Im Licht des Funkenregens sah ich Niemann, wie er, schon ganz rußgeschwärzt, uns Neugierige mit aufgeregter Stimme weiter weg auf die Straße drängte: »Macht Platz. Platz für die Wasserspritze. Nun geht schon beiseite.«

Die Feuerwehrleute lösten sich beim Pumpen ab. Das immerhin, das Pumpen, hatten sie fleißig geübt, schien

mir. Die Schwengel gingen unermüdlich auf und nieder. Es war Niemanns Idee, zuerst den Wasserstrahl auf das Stallgebäude zu richten. Wir anderen versuchten derweil, das in Flammen stehende Haus zu löschen.

Ich war schon nach wenigen Minuten ebenfalls schwarz vom Ascheregen. Wir bildeten eine Kette, um uns Wassereimer zuzureichen. Als die Kette einmal aufgebaut war, durchliefen die Eimer sie in erstaunlicher Geschwindigkeit. Ich hatte alle Mühe, zwischen den Männern vor und hinter mir das Tempo zu halten. Ich stand zwischen einem jungen Mann, den ich bestimmt noch nie gesehen, dessen helle Stimme ich aber schon einmal gehört zu haben meinte, und Philipp, unserem geschwätzigen Hofmohren, der jetzt allerdings ganz still blieb. Philipp war der Letzte in der Kette und leerte unermüdlich die Eimer in hohem Bogen in die Flammen, dass es nur so zischte. Ich dachte noch darüber nach, ob man später auf seiner Haut den Ruß überhaupt sehen würde. Woher Philipp kommt, weiß hier keiner so genau. Er lebt schon seit ein paar Jahren in Mirow.

Erst habe sich alles erschrocken vor dem schwarzen Mann, erzählten mir die Hofdamen. Inzwischen erfreut man sich an seinem strahlend weißen Lächeln, seinen erfundenen Geschichten und seiner freundlichen Hilfsbereitschaft. Philipp lächelt gern. Er weiß, wie sehr er damit ankommt. Rauchbart hat mir erzählt, dass auch der Blick von Durchlaucht häufig und wohlgefällig auf ihm ruhe. Aber dazu bei anderer Gelegenheit mehr.

Wie lange mögen wir mit dem Löschen beschäftigt gewesen sein? Niemand hätte es wohl zu sagen vermocht. Sehr lange war es womöglich gar nicht, auch wenn es uns so vorkam, weil es so anstrengend gewesen war. Schließlich glimmte es nur noch hier und da. Über den eben noch von hohen Flammen erhellten Unglücksort senkte sich wieder Dunkelheit, gleich einer Glocke, die besänftigend aus dem Himmel hernieder fährt. Und es wurde kalt. Eine vom Schloss heranrollende Kutsche, wohl von Durchlaucht gesandt, brachte ein paar Laternen heran. Ich glaube, fast alle Mirower standen inzwischen am Haus des Drosten. Oder an dem, was nach dem Brand davon noch übriggeblieben war.

Die Stille, die auf einmal eintrat, als wäre sie ein Gefolge der Dunkelheit, erschien mir unheimlicher als eben noch der Singsang der Flammen, das Krachen des Gebälks und das Geschrei der Leute. Eine betretene Stille war es. Denn jeder musste sich fragen, was aus dem Bewohner geworden sein mochte. Ehe jedoch diese Frage hätte laut werden können, hörte ich des Drosten belegte, dennoch befehlsgewohnte Stimme.

»Hierher leuchtet. Ich brauche eine Decke. Eine Decke zu mir.«

Zuerst glaubte ich, es sei nur meine Einbildung, die mich narrte. Als würde Raden aus dem Himmel zu mir sprechen. Aber auch Niemann drehte sich nach der Stimme um. Überhaupt alle sahen in die Richtung, aus der seine Stimme kam.

»Nun steht nicht herum. Helft der Dame.«

Radens Worte wurden ab und an von Husten unterbrochen. Er muss ordentlich Rauch geschluckt haben, der Arme. Dann sah ich ihn, schwärzer noch als Philipp und in unvollständiger Garderobe. Er war ohne Perücke und zeigte einen vollkommen kahlen Schädel. Er ging unter den Feuerwehrmännern umher und dankte ihnen. Er schlug auch Niemann im Vorübergehen auf die Schulter. Schwarz war die sowieso, es kam nicht mehr darauf an. Und bei Philipp kam es noch viel weniger darauf an. Raden griff ihn am Nacken und drückte seinen Kopf freundschaftlich ein bisschen nach unten. Dabei tätschelte er mit der anderen Hand des Mohren Wange. Schließlich entdeckte er mich und stapfte heran. Wie neulich bei Philipp im Gewitterzimmer sah ich jetzt auch beim Drosten nur das Weiß in den Augen. Ich erschrak und begann auf einmal, vor Aufregung, Müdigkeit und Kälte zu zittern.

»Der Himmel sei gepriesen, Ihr lebt«, rief ich schwach.

»Ah, Fräulein, Ihr auch hier«, erwiderte er. »Da wollte mich jemand braten, als wäre das Fest der Geburt unseres Herrn angebrochen und ich die Gans, die es zu verspeisen gilt. Und das Ende April. Merkwürdig, was? Was sagt Ihr dazu?«

»Euch braten? Wie kommt Ihr darauf? Beruhigt Euch. Was wollt Ihr damit sagen?«

»Nun gilt es, nach einem Mörder auch noch einen Brandstifter zu finden, was? Da haben wir viel zu tun, wie? Sogar meine Perücke ist hin.« Und er fuhr sich mit der linken Hand über die Glatze.

»Wieso einen Brandstifter?«, fragte ich.

»Ich sah einen Schatten am Haus, aber habe mir nichts weiter dabei gedacht. Hätte ich nur einen Hofhund. Aber ich habe ja nie Zeit für mein eigenes Hab und Gut. Nicht einmal Zeit, mir einen Hund zu beschaffen, der über mein Eigentum wachen könnte. Ich sah also einen Schatten. Und die ausgebrannte Ölkanne, die ich da eben glühend am Hauseingang fand, gehört mir nicht. Das würde ich vor Gericht auf die Heilige Schrift schwören.«

»Ihr meint, Euch hat jemand das Haus angezündet?«

»Es hätte mancher einen Grund«, antwortete von Raden dunkel und sah mich mit seinem Wachhundblick an. »Das wisst Ihr doch, Gagern.«

»Mörder? Brandstifter? Wenn es so ist, wie Ihr meint, suchen wir womöglich nur eine Person. Einen, der erst zu einem Mord aufbrach und dann um ein Feuer zu legen, damit er nicht als Mörder von Euch entdeckt wird.«

»Der mir an den Kragen wollte, weil ich einen Mörder suche?«

»Ja, bestimmt ist es so.«

»Nein, bestimmt nicht. Denn den Mörder brauchen wir nicht mehr zu suchen. Den haben wir.«

Ihr könnt Euch meine Überraschung vorstellen, Graf. Der Drost schüttelte den Kopf, als wollte er sich auf diese Weise unfreundlicher Gedanken entledigen, und war schon weitergestapft, ehe ich die naheliegende Frage stellen konnte, wen er als Missetäter ausgemacht haben will.

Dass Raden den Brand nur mit einer verkohlten rechten Augenbraue, seiner Zeus-Augenbraue, und einem blutenden Finger überstanden hat, war, Graf, uns allen schon Überraschung genug. Aber der Drost hielt noch eine ganz andere Überraschung bereit. Und die hätte er uns bestimmt lieber ersparen wollen. Er eilte jetzt nämlich auf ein Frauenzimmer zu, das, wie er, nur halb bekleidet war, dem eine gute Seele inzwischen aber einen weiten Schal übergeworfen hatte. Die Frau stand da, wankend, mit der einen Hand den Schal haltend, mit der anderen die Augen bedeckend, als könnte sie nicht gesehen werden, wenn sie selbst nichts sieht. Still weinte sie vor sich hin. Es klang wie ein trauriges Miauen. Da war nicht mehr zu verbergen, dass das Frauenzimmer niemand anderes war als unser Kätzchen Kosboth.

Nun wusste ich, was sie so erzürnt hatte, neulich in der Kirche. Sie hatte gedacht, ich schnurre ihrem Liebsten nach, gleich ihr. Es war Eifersucht gewesen, die sie nach mir hatte treten lassen. Es passte ihr nicht, dass ich mich an Raden hielt. Dabei wollte ich doch nur bei der Mördersuche dabei sein.

Als der Wirt vom Mecklenburger Hof, ein kleiner, kräftiger Mann mit vorstehender Unterlippe, an Raden herantrat und mit seinem S-Sprachfehler dem Drosten vorläufig Quartier anbot, versiegten der Kosboth sogleich die Tränen. Sie schüttelte den Kopf und wies mit aller Bestimmtheit in Richtung Schlossstraße. »Er wohnt bei mir, solange.«

Solange! Sollte das heißen: für immer? Selten wohl, Graf, ist ein Skandal so beiläufig aufgedeckt worden, weil das Unglück, das ihn buchstäblich erhellte, viel größer war, als er selbst. Niemand mochte sich darüber erregen, dass die Kosboth da neben dem Drosten stand, halb nur bekleidet, und sich offenkundig noch vor kurzer Zeit in seinem Bett an ihn geschmiegt hatte, das Kätzchen.

Die Hofdamen würden sich morgen das Maul zerreißen, dachte ich. Heute aber, in dieser Brandnacht, hatten die Umstehenden mit der Kosboth Mitleid.

Wer weiß, Graf, wie lange das schon geht mit den beiden. Ich hatte nichts bemerkt, das muss ich zugeben. Und nun nahm sie ihren Liebhaber mit wilder Entschlusskraft bei sich auf. Sie bewohnt in einem langgestreckten Gebäude hinter dem Unteren Schloss mit Blick auf die Schlossinsel mehrere Zimmer, eine Zimmerflucht geradezu, aus einem Privileg heraus, dessen Entstehen mir leider nicht …

Pardon, ich wurde wieder einmal unterbrochen. Eben sah ich die Herzogin, die schon von allem wusste und die abwesende Kosboth noch dafür lobte, wie sie sich um den obdachlos gewordenen Drosten kümmere.

Schon läuten abermals die Glocken. Diesmal freilich zum sonntäglichen Gottesdienst. Ich muss schließen, Graf.

Hoffentlich sehe ich nachher den Drosten, um nach dem Verhafteten zu fragen. Es wird doch nicht …? Mir wird ganz heiß, Graf.

Einen nämlich habe ich in der Brandnacht weder unter den Helfern noch unter den Schaulustigen gesehen, obgleich doch ganz Mirow auf den Beinen gewesen sein dürfte. Einen, der das Unglück in jedem Fall mitbekommen haben musste, weil er mit Blick auf das Raden'sche Haus im Mecki wohnt. Wenn er denn nicht inzwischen noch über eine andere Adresse verfügt, nach des Drosten und der Kosboth Vorbild. Ich würde rasen vor Eifersucht, wenn es so wäre, Graf. Ich rede von unserem schwerinschen Gesandten. Meinem Liebhaber, wenn Ihr so wollt. Oder war von Plüschow beim Löschen nur deshalb nicht dabei, weil er den Geheimgang an der Kirche gesucht hat in dieser Nacht, der arme Tropf? Oder hatte er Angst, dass seine Ohren Feuer hätten fangen können und war geflohen? – Oh, ich will mich nicht lustig machen. Sein Schicksal rührt mich natürlich, so oder so. Ich werde Euch berichten, ob er zum Gottesdienst erschienen ist. Fernbleiben ist hier nicht erlaubt. Die Mirower Etikette ist streng, wie Ihr wisst. Die Herzogin wacht mit müdem Auge darüber.

Die Unsittlichkeit der Hofdame Kosboth jedoch scheint Durchlaucht eher zu vergnügen. Das soll einer verstehen. Wie soll ich dem Lotchen unter all den sittenlosen und unanständigen Mirokesen Sitte und Anstand beibringen?

Aber lassen wir das. Ich verdiene mir hier meinen Unterhalt und darf nicht klagen. Ich bin froh, wenn die Prinzessin fort ist in die Welt. Und auch ich endlich Mirow hinter mir habe. Nach mir der letzte große Brand, der alles verzehren soll. So wie es beim Haus des Drosten seinen Anfang genommen hat.

In Eile Eure Euch hoch verehrende
Luise Ernestine von Gagern

P.S.: Da fällt es mir eben ein. Ich war schon beim Siegeln des Briefes. Die Stimme … Mein Nachbar in der Kette mit den Wassereimern … Es war jene junge Stimme, die ich aus der Dachkammer im Torhaus gehört hatte, als ich am Blitzableiter hing. Und jetzt kann ich mich, verdammt, nicht einmal genau an das nächtliche Gesicht neben mir erinnern. Eine breite Nase saß darin mit großen Nasenlöchern. Und die Augen standen eng beisammen, das weiß ich noch. Nun, egal. Mein Postillon wartet.

Unheimliches geschieht im Garten

An Ernst Ahasverus Graf von Lehndorff,
Kammerherr der Königin von Preußen

Mirow, Montag, 27. April 1761

Euer Hochwohlgeboren,
nehmt Platz an Eurem Bureau Plat. Es ist schon wieder etwas passiert. Mit Mirower Langeweile kann ich nicht mehr dienen. Meinem verehrten Grand confiturier de la Cour wird es – nun ja, die Sprache verschlagen. Passt nur auf.

Es war, als die Herzogin mir befahl: »Ihr müsst mir für das Lotchen einstehen.« Wie es im Leben so geht, tatsächlich hätte die Prinzessin in eben diesem Augenblick, da ihre Mutter so eindringlich zu mir sprach, meiner Hilfe bedurft. Ich aber saß bei Durchlaucht, während im Garten Schlimmes geschah und alles abermals mit einem Toten endete. Passt nur auf, Graf.

»Lasst sie nicht aus den Augen«, fuhr Durchlaucht fort. »Vor allem nicht auf dem Fest. Steht dabei, wenn man sie ins Gespräch zieht. Kein falsches Wort, wenn ich bitten darf. Am besten ist, sie macht gar nicht erst den Mund auf. Erledigt Ihr das, wenn es nötig werden sollte. Und wenn die Kleine doch etwas sagen muss, dann, bitte, nur Unverfängliches. Wetter, Landschaft. Von den Anreisen der Herrschaften zu palavern, könnte schon gefährlich werden.«

»Ist doch schon ein Gesandter auf der Reise zu uns zu Tode gekommen«, warf ich ein.

»Darauf eben wollen wir gar nicht erst angesprochen werden. Es soll zuhören, das Lotchen, aber nichts sagen. Hört Ihr, Gagern, dafür seid Ihr mir verantwortlich! Vorsicht vor allem vor den Gesandten. Mag das Lotchen bis zum Morgengrauen tanzen, und das, mit wem es will. Mag es sich amüsieren. Aber bleibt bei ihm, bis wir es glücklich wieder in seinem Bett haben. Dann mag es meinetwegen von seinem künftigen Prinzen träumen.«

»Wie Ihr wünscht, Durchlaucht.«

Wir saßen in dem Raum mit der gestickten Tapete. Ein paar Bahnen sind wie zur Probe schon angebracht. An den anderen arbeitet unermüdlich die weibliche Hofgesellschaft. Sie sitzt beinahe jeden Tag daran. Und sie wird daran wohl noch viele Monate lang zu tun haben. Ihr könnt Euch gar nicht vorstellen, Graf, was das für eine Fummelei ist. Doch die Herzogin liebt es. Sie zeigt sich dabei aber auch in einer Geschicklichkeit, die wir alle bewundern. Bewundern müssen, natürlich, als Hofgesellschaft. Aber die wir auch ehrlichen Herzens bewundern, denn niemand unter uns Damen vermag, es Durchlaucht an Geschicklichkeit gleichzutun. Es wird eine großartige Arbeit. Sie wird einmal den Ruhm des Mirower Schlosses ausmachen.

Zumeist finden sich die Damen mit ihren Stickrahmen nach der Mittagsruhe bei der Herzogin ein. Jetzt aber war es Vormittag. Wir hörten durch die geöffneten Fenster die Prinzessin im Garten umhertollen. Sie spielte mit Philipp Verstecken und schien heute besonders ausgelassen. Vielleicht lag es daran, dass sie am Morgen ihr Ballkleid erstmals hatte anprobieren dürfen. Ein Traum in Rosa, ein wahrer Frühlingsblütenrausch, in dem ihre üppige Oberweite zur vollen Geltung kommt. Sie drehte sich immerzu vor den Spiegeln im Festsaal. Auch Ihr hättet Eure Freude dran gehabt, Graf. Vor allem an dem ergötzlichen Dekolleté. Aber verzeiht, wenn ich hinzusetze, was Ihr im Herzen genauso gut wisst wie ich: Junge Mädchen entstellt eigentlich nichts.

Mit dem Hofmohren ist sie oft zusammen. Bei Hofe flüstert man sich zu: »Er behandelt sie wie ein Vater seine Tochter.« Ihre vollen Lippen, ihr krauses dunkles Haar, ihre dunklen Augen, ihr dunkler Teint – wie das alles zu dunklem Klatsch und Tratsch einlädt. Auch behandelt Durchlaucht ihren Hofmohr bevorzugt. Ich sprach Euch, glaube ich, schon davon. Manchmal darf er an der Tafel neben ihr sitzen. Und als vor ein paar Jahren – der bekanntermaßen dem Trunke zugeneigte Prinz von Mirow lebte noch – die Familie in Öl gemalt wurde, musste Philipp mit aufs Bild. Er steht etwas abseits, eines der Kinder im Arm. Er sieht ganz unglücklich aus, der Arme. So kenne ich ihn sonst gar nicht. Das Stillestehen auf seinen Plattfüßen mag ihn angestrengt haben. Wahrscheinlich aber auch das Gewicht des unruhigen Babys. Dabei ist sein weißes Lachen voller Fröhlichkeit. Ein bisschen bewundere ich das.

So fern der Heimat. So fern den Seinen. Und nie traurig. Nie einsam. Nie von den Schatten des Lebens berührt. Als müsste er alle Mirokesen lieben – und das Lotchen besonders. Mich freilich ausgenommen. Wie ich in das Gewitterzimmer eindrang, kurz vor dem Höhepunkt seiner Erzählung – diesen Coitus interruptus sieht er mir nicht nach.

Durchlaucht nahm wieder das Wort: »Auch der Herzog wird zum Frühlingsfest kommen. Und mit ihm natürlich der halbe Strelitzer Hof. Und kommen die, kommen die Rheinsberger sicherlich auch. Wir müssen also in jeder Hinsicht auf der Hut sein, hört Ihr?«

Ich antwortete mit einem Kopfnicken. Aber das dürfte die Herzogin gar nicht mehr bemerkt haben, denn in eben jenem Augenblick klopfte es energisch an der Tür, die zum Festsaal führt. Der Drost trat, eine Antwort gar nicht erst abwartend, unter tiefer Verbeugung ein. Er sah müde und gealtert aus. Draußen im Garten juchzte noch immer die Prinzessin. Durchlaucht schien von Raden erwartet zu haben. Sie zeigte keine Überraschung.

»Drost, darf ich Euch mein Mitgefühl aussprechen. Es tut mir leid, was Euch widerfahren ist. Man sagte mir, Euch habe der Brand aller Habseligkeiten beraubt. Ich will Euch ersetzen, was ich zu ersetzen vermag.«

»Durchlaucht erweisen mir eine große Gnade.« Die Gnade schloss offenbar ein, dass Raden sich setzen durfte, ohne dazu aufgefordert worden zu sein. Elisabeth Albertine nahm keinen Anstoß daran. Im Gegenteil, sie blieb voller Mitgefühl.

»Baut Euch getrost ein neues Haus«, sagte sie. Und etwas leiser, zu ihm vorgebeugt: »Und heiratet die kleine Kosboth, aber wartet nicht so lange. Sonst will das Gerede nicht verstummen. Meinen Segen habt Ihr.«

Von Raden stammelte noch einmal etwas von Gnade und Dank.

»Wartet mit der Hochzeit nicht zu lange, hört Ihr. Ich will sie noch erleben, und ich habe nicht mehr viel Zeit.«

»Durchlaucht!«

Sie schnitt ihm mit einer Handbewegung das Wort ab. Dabei schwebte ihr Schnupftuch wie ein Maiglöckchenstrauß durch den Raum. Und es schien sogar so zu duften. »Nun, was bringt Ihr?«

Wilhelm von Raden straffte sich, indem er seinen massigen Oberkörper kerzengerade aufrichtete: »Ich bat Eure Durchlaucht, vorsprechen zu dürfen …«

»Ihr sagtet, Drost«, unterbrach ihn Elisabeth Albertine abermals, »der Brand Eures Hauses habe Eure Ermittlungen unerwartet beschleunigt?«

»Verwirrt, Durchlaucht, verwirrt. Denn es ist so: Mein Haus wurde vorsätzlich angezündet.«

Die Herzogin lehnte sich wieder zurück. Der Maiglöckchenstrauß fiel auf ihren Schoß: »Verdammt.«

»Jemand hat offenbar eine Ölkanne benutzt, um das Feuer zu legen. Ich hatte dort keine derartige Kanne abgestellt, wo der Brand ausbrach, gleich neben der Tür. Jemand wollte mein Haus in Rauch aufgehen sehen. Ich sollte in Rauch aufgehen. Aber nicht genug damit.«

»Himmel, was wollt Ihr denn noch damit sagen?«

»Vor allem hat da jemand versucht, Beweisstücke in Rauch aufgehen zu lassen.«

»Beweisstücke? Wofür?«

»Nun, Durchlaucht, es spricht vieles dafür, dass sich der Mörder des Grafen von Pfeil an meinem Haus zu schaffen gemacht hat. Wenn nicht der Mörder selbst, dann doch einer seiner Komplizen.«

»Verdammt«, wiederholte die Herzogin. »Was sagt Ihr da, Drost?«

»Gleich neben der Ölkanne muss ein Bündel mit Kleidung gelegen haben. Oder noch wahrscheinlicher: Die Ölkanne war mit dem Bündel umwickelt. Von dem Bündel war nach dem Brand nichts mehr übrig, natürlich – bis auf einen kleinen Fetzen, der zufällig von einem umgefallenen Spaten bedeckt und so vor den Flammen geschützt worden war. Eigentlich ein unwahrscheinlicher Zufall. Aber so weiß ich jetzt, dass es ein grüner Fetzen mit dunklen Flecken Rot darin ist.«

Elisabeth Albertine und ich sahen den Drosten erwartungsvoll an. Er räusperte sich ausführlich hinter vorgehaltener Hand, ehe er weitersprach. Raden hat Gefühl für den großen Auftritt. Das muss ich schon sagen. Er ist gern der Mittelpunkt des Geschehens. Vielleicht sollte er bei unseren lebenden Bildern mal den Zeus geben. Aber verzeiht, Graf, ich glaube, auch da wiederhole ich mich.

»Blut«, fuhr der Drost schließlich fort. »Die Flecken rühren ganz bestimmt von Blut her. Und wir wissen bereits, dass der Buchholzer Mörder möglicherweise einen grünen Mantel getragen hat. Oder genauer zumindest: Dass jemand an Pfeils Kutsche herangetreten ist, der einen grünen Mantel trug. Einen frühlingsgrünen Mantel, wie unser wichtigster Zeuge, ein Junge aus Buchholz, uns zu berichten wusste.«

»Nein«, fuhr die Herzogin zurück. »Der Mantel des Mörders? Bei Euch verbrannt? Drost, was hat das zu bedeuten?«

Ehe ich dazu kam, an dieser Stelle das Schicksal des Mantels aufzuklären, sprach von Raden schon weiter: »Oh, ich weiß es sehr wohl, und ich weiß noch einiges mehr. Der Brand bei mir sollte jedenfalls ein doppelter Befreiungsschlag werden. Erst das Beweisstück vernichten und dann auch noch mich, also denjenigen, der den Auftrag Eurer Hoheit hat, Licht in die Sache zu bringen.«

»Donnerwetter«, entfuhr es der Herzogin. »Das heißt, Drost, wenn ich Euch recht verstehe, der Mörder läuft hier unbehelligt in unserem kleinen Mirow herum? Niemand mehr ist sicher? Auch Ihr nicht? Und das so kurz vor unserem Fest?«

An dieser Stelle folgte die für mich größte Überraschung, Graf. Der Drost erklärte mit wenigen Worten, er sei sich bis zum Ausbruch des Brandes sicher gewesen, den Mörder längst dingfest gemacht zu haben.

Ich hielt den Atem an. Jetzt musste der Name fallen.

»Der mecklenburgische Gesandte befindet sich bereits in Neustrelitzer Haft.«

›Plüschow in Haft!‹, durchfuhr es mich. Also doch! Bernhard von Plüschow hinter Schloss und Riegel! Mein Liebhaber des Mordes angeklagt! Deshalb war er beim Unglück in der Töpferstraße nicht zugegen gewesen, tatsächlich. Und auch nicht im Gottesdienst. Weil ihn ein viel größeres Unglück ereilt hatte, als der Brand für alle in Mirow ein Unglück war. Man hatte ihn schon am frühen Abend unter strenger Bewachung in der Kutsche vom Niemann nach Strelitz bringen lassen. Dem Manne, mit dem ich mich vergnügt hatte, im weichen Gras unter der Kastanie, wird vorgeworfen, Johannes von Pfeil umgebracht zu haben.

Und ich? Ich wusste nichts davon!

Aber dann dachte ich, ich sollte mir ein Beispiel an der Herzogin nehmen. Durchlaucht blieb ganz ungerührt: »Wer hat aber den Brand gelegt? Wer wollte die Beweisstücke vernichten, wenn es von Plüschow unmöglich gewesen sein kann?«

»Das eben ist seltsam«, entgegnete von Raden. Er zog aus seiner Weste einige Bögen hervor und erhob sich halb von seinem Platz, um sie der Herzogin zu reichen. »Dies sind offenkundig die Papiere, die von Pfeil bei sich hatte und die der Mörder an sich genommen haben wird. Wir fanden« – und hier schaute der Drost zu mir, als sollte ich seine Worte bestätigen – »bei dem Toten in der Kutsche nur sein leeres Felleisen.«

»Wo habt Ihr das her, Drost?«, fragte die Herzogin.

»Aus Plüschows Zimmer. Ich habe sein Quartier im Mecklenburger Hof durchsucht, als ich sicher sein konnte, dass er anderweitig beschäftigt war.« Hier blickte der Drost mich eindringlich an. Ich konnte nicht verhindern rot zu werden, derweil er fortfuhr: »Das heißt, ich musste gar nicht lange suchen. Die Papiere lagen auf dem Schreibtisch. Nicht gerade obenauf, aber in einem kleinen Stapel mit anderen Briefen an den Herrn Schweriner Gesandten. Sie lagen da wie unachtsam hingeworfen. Und darauf lag in einem geöffneten Etui eine mumifizierte kleine Krähe.«

»Eine Krähe?«, meinte die Herzogin. Und kühl fügte sie hinzu: »Da werden die Schweriner sich um einen Galgen kümmern müssen. Oder können wir den gleich mit dem Delinquenten mitliefern? Ich mochte ihn von Anfang an nicht, diesen Plüschow mit seinen abstehenden Ohren. Aber Lotchen war gleich ganz vernarrt in ihn. Lotchen ist ein rechter Backfisch.«

Graf, ich will Euch nicht auf die Folter Eurer Neugier spannen. Die beiden Schreiben, welche die Herzogin nun in den Händen hielt, waren echt. Das Hannoversche Siegel, jetzt erbrochen, musste alle Zweifel beseitigen. Der erste Brief war nichts weiter als eine Art Ausweis für von Pfeil. Er sei im Auftrag des Königshauses von Hannover auf dem Weg zum Mirower Hof und man solle ihm Hilfe gewähren, sofern er sie benötige. Das Übliche, eine Legitimation. Darunter die großzügige Unterschrift des Ersten Ministers der Hannoveraner.

Der dicke Münchhausen hatte auch den zweiten Brief geschrieben. Eigenhändig. Der war an Durchlaucht gerichtet und enthielt wenige Sätze, die aber als Satzgirlanden geflochten waren. Er ersuche alleruntertänigst und in großer Verehrung für die hochverehrte, vieler Verdienste gerühmte Empfängerin, ihrer Aufmerksamkeit, die dem Hof stets eine so dienliche gewesen, gewiss, aus Verantwortung für die Zukunft und eingedenk der Kriege, die das Land überzögen – und so weiter. Kurzum: Er wollte von Durchlaucht die Zusage, einen Herrn Graeme of Gorthy zu empfangen. Ein Schotte zwar, aber doch auf der Reise nach Mirow im Auftrag des Londoner Hofes.

»Des Londoner Hofes?« Die Herzogin war bei diesen Worten aufgesprungen. »Und so etwas liegt unter einer mumifizierten Krähe?« Ihr sonst vom Leiden schon ganz grau gewordenes Gesicht, dessen Haut wie Pergament wirkt, auf dem das Wort Tod geschrieben steht, überzog sich mit rötlichen Flecken. Ihre Bewegungen, sonst so müde und schwach, wirkten in diesem Augenblick beinahe wieder anmutig. »Des Londoner Hofes?«, wiederholte sie. »Was hat das zu bedeuten, Drost?«

»Durchlaucht, eine Antwort steht mir nicht an. Ich gebe nur zu bedenken, dass eine ausbleibende Erwiderung des Mirower Hofes …«

»Sprecht nicht weiter«, unterbrach ihn die Herzogin, nun schon zum dritten Mal. Sie trat an eines der Fenster und kehrte uns den Rücken zu. Wieder durchschwebte der Maiglöckchenstrauß ihres Schnupftuches duftend den Raum. »Ich weiß es selbst. Wie kann ich es nicht wissen? Einem solchen Königshaus die Antwort verweigern! Verdammt! Vielleicht wollten die Londoner wegen Lotchen …

Nicht auszudenken. Der englische Hof … Und die Schweriner wissen davon und verhindern es. Seit ihrer Niederlage damals wollen die Schweriner Rache nehmen. Das ist die Rache der Schweriner, Drost. Zweifellos. Die tote Krähe – das soll ich sein. Ich bin außer mir. Verdammt.«

»Eine Einladung für unser Frühlingsfest käme jedenfalls zu spät in Hannover an, wenn Eure Hoheit daran denken«, warf der Drost ein.

»Wir müssen so schnell wie möglich Verbindung mit Hannover aufnehmen«, sagte die Herzogin darauf, aber so, als würde sie mitten im Satz von anderen Gedanken abgelenkt. Abgelenkt von dem, was sie, am Fenster stehend, draußen vor dem Schloss sah. Und richtig, plötzlich rief sie: »Was ist das? Was spielt sich da im Garten ab?«

Wie zur Antwort hörten wir einen Schrei. Das war das Lotchen. Nun sprangen auch der Drost und ich auf. Dann ein zweiter Schrei, diesmal der eines Mannes. Ein furchtbarer Schrei. Ein Todesschrei.

Die Herzogin wedelte uns mit ihrem Maiglöckchentuch aus dem Raum: »Lauft! Rasch! Seht nach, was da passiert ist. Schützt mir das Lotchen! Ich bin außer mir!«

Aber natürlich musste sie uns nicht mahnen. Schon waren wir auf dem Weg. Der Drost schneller als ich. Der sonst so behäbige Mann mit seinen halbgeschlossenen Augen war jetzt wie ein Löwe im Sprung.

Wir durchquerten den Gartensaal. Am Eingang zum Garten hin waren die beiden Türflügel weit geöffnet. Schon liefen wir durch das Maigrün.

Der Drost wurde langsamer und schnaufte: »Wo sind sie? Wo sind sie hin?«

Es war jetzt nichts mehr zu hören. Außer den Krähen, die eben aufgestiegen waren. Todesboten, dachte ich. Ich hatte eine Ahnung und zog von Raden weiter. Vor uns erhob sich schon der alte Wall. Dort hörten wir die Prinzessin schluchzen.

»Hinter das Torhaus!«, rief ich. Wir liefen um den Wall herum durch das dichte Unterholz, die uns peitschenden Äste missachtend und standen schließlich an einer mir nur allzu vertrauten Stelle. Plüschow und ich, wir hatten sie neulich gut getarnt. Offenbar zu gut. Denn nun war wieder jemand in die Fallgrube gestürzt. Das Lotchen stand am Rand der Grube und verbarg ihr Gesicht an Philipps dunkler und breiter Brust. Philipp aber konnte seinen Blick nicht von der Grube lösen. Wie erstarrt sah er hinein. Er sah auch nicht auf, als wir angehastet kamen.

Endlich standen wir neben den beiden. Da erklärte sich des Mohren Schock. Der Anblick war grauenhaft. Diesmal hatte der Pfahl, der Plüschow glücklicherweise verfehlt hatte, genau das getan, wofür ihn einst wachsame Johanniter in die Grube eingelassen hatten.

Ihr ahnt es, Graf. Dort unten lag ein übel zugerichteter Mann, aufgespießt, nachdem er hintenüber in die Grube gefallen sein musste. Ungebremst, mit der ganzen Wucht seines Körpers. Ein gutes Stück ragte die Lanzenspitze blutig aus dem Rumpf heraus, als wäre dem Unbekannten dort etwas aus der Brust gewachsen wie dem Baum ein Ast.

Meine Feder kratzt es so dahin: dem Unbekannten. Dabei hatte ich die breite Nase, die eng beieinander stehenden Augen schon einmal gesehen. In der Nacht zu Sonntag. An des Drosten brennendem Haus.

Von Raden kniete nieder, um dem Mann näher sein zu können. Jede Hilfe kam zu spät. Das war auch so zu sehen.

»Der ist hin«, sagte von Raden dann auch und erhob sich wieder, wobei er nicht vergaß, sorgfältig seine Beinkleider abzuklopfen. »Wer ist das? Was ist hier passiert? Lotchen, bist du verletzt?« Raden bückte sich noch einmal und hob etwas Weißes auf, das wohl im nächsten Augenblick, mit dem nächsten Windstoß dem Toten in die Grube gefolgt wäre. Er entfaltete ein Stück Papier.

»Er hat uns verfolgt. Er hat Lotchen verfolgt«, flüsterte Philipp und deutete mit dem Finger auf den Toten.

»Und wie ist er in diese Grube gefahren? Was ist das überhaupt für ein Loch? Eine Falle?«

Da ließ ich mich vernehmen: »Das kann ich Euch erklären, Drost.«

»Ihr?«

»Ja«, antwortete ich, wandte mich dann aber an den Mohren: »Bringe Er das Mädchen zur Herzogin, beruhige Er Durchlaucht, dass mit der Prinzessin alles in Ordnung ist.« Was nur bedingt stimmte. Sophie Charlotte sank eben in Ohnmacht.

Aber Philipp nickte verständig, hob die Prinzessin mit einem Ruck auf und legte sie sich über seine starken Schultern. Dann watschelte er in Richtung Schloss davon. Ich erzählte von Raden in wenigen Sätzen, was ich am Donnerstag im Torhaus noch weggelassen hatte. Nämlich, durch welche Umstände ich die Grube entdeckt hatte. Dass sie auch keine Grube sei, sondern wohl eher ein Eingang. Vermutlich die Öffnung zu einem Gang, dessen anderes Ende er, der Drost, vielleicht gefunden habe, neulich mit Pastor Leithäuser. Wohl, vermutlich, vielleicht – alles nur Spekulation. So nahm ich mein Schweigen bisher in Schutz und ergänzte, dass ich noch nicht die Gelegenheit gefunden hatte, ihm von all dem zu erzählen.

Was ich verschwieg, war, dass ich mit Plüschow hier gewesen war. Nun, der Drost hörte ohnehin nur zerstreut zu. Er las, was auf dem Zettel stand.

»Es ist eine Bittschrift«, sagte er mit Staunen in der Stimme, mitten in meine Rede hinein. »Er wollte nichts weiter, als dem Lotchen eine Bittschrift überreichen, der arme Kerl.« Raden sah auf. »Himmel, den Rest können wir uns denken. Das Lotchen bekam es mit der Angst zu tun, als sie den Mann auf sich zukommen sah, wo doch hier ein Mörder herumlief. So wie der Mörder auf den Pfeil zugekommen sein mag, harmlos und mit gutmütigem Gesicht. Und da rief sie nach Philipp. Und …«

Ich vollendete: »… dessen schwarze Erscheinung trieb den Mann in die Flucht, und, wie es das Schicksal so will, geradewegs in sein Verderben. Geradewegs in die Falle.«

»So muss es gewesen sein. Das hat er nun davon, der Arme. Nun hat ihn keine Kugel erwischt, kein Bajonett, sondern ein spitzer Pfahl.«

»Wie meinen?« Ich sah den Drosten fragend von der Seite an.

Das Zittern seines gespaltenen Kinns zeigte, wie sehr ihn die Sache bewegte. Es ging in der Bittschrift gegen die Preußen, wie ich endlich von ihm erfuhr. Wie sehr das strelitzsche Vaterland unter den Kriegen Preußens leiden müsse, stand da. Wie es die jungen Männer zum Militär presse. Und ob die Prinzessin sich nicht an den König der Preußen wenden könne, damit er bei seinen großen Kriegen das kleine und ohnehin arme Land der Strelitzer verschone.

»Und das will der Junge hier eigenhändig geschrieben haben?«, fragte von Raden. Er fragte sich das selbst und dürfte sich einmal mehr darüber gewundert haben, dass jemand antwortete. Dass ich antwortete: »Vermutlich stammt er hier irgendwo aus der Gegend. Die Preußen haben ihn zum Soldaten gemacht. Er nahm bei erster Gelegenheit von der Fahne Reißaus, nehme ich an. Und hier zu Hause haben sie ihn dann versteckt.«

»Ja, Ihr habt neulich etwas in der Art erzählt«, entgegnete der Drost. »Auch der Pastor kam mir jüngst mit so einer abenteuerlichen Geschichte. Aber wir waren, offen gestanden, mit anderen Sachen beschäftigt. Da habe ich nicht richtig zugehört. Euch hatte ich im Torhaus auch nicht richtig zugehört. Da war schließlich Plüschow in Gewahrsam zu nehmen.«

»Und außerdem suchtet Ihr zusammen mit dem Pastor geheime Gänge.«

Er winkte ab. Inzwischen waren wir nicht mehr allein mit dem Toten. Philipp hatte im Schloss Alarm geschlagen. Nun lief das Hofgesinde herbei. Einen der atemlosen Diener schickte von Raden zu Leithäuser. Er solle sogleich ins Schloss kommen. Andere aus dem Gesinde beauftragte er, sich um die Leiche zu kümmern. Ich sah lieber weg, als sie zur Tat schritten und den Toten mit einem schmatzenden Geräusch vom Pfahl zogen.

Es war zu früher Nachmittagsstunde, als wir abermals im Tapetenzimmer saßen. Beinahe so, als wäre nichts geschehen und wir hätten die ganze Zeit über hier verbracht. Durchlaucht, die natürlich zu keiner Mittagsruhe gekommen war, der Drost und ich. Wir saßen auf denselben Plätzen wie zuvor. Die Fenster waren noch immer geöffnet. Man hörte das Vogelgezwitscher im Garten. Wir gaben Elisabeth Albertine umständlich Bericht. Sie hörte mit bewundernswerter Gefasstheit zu, den Kopf auf drei Finger ihrer rechten Hand gestützt, mit der linken ihr Maiglöckchentuch auf dem Schoß knüllend.

Und wie am Vormittag wurden wir unterbrochen, weil es an der Tür klopfte. Diesmal trat Pastor Leithäuser ein. Auch er verbeugte sich vor der Herzogin. Ich muss sagen, er vermag es um vieles galanter als der Drost. Aber Leithäuser ist ja auch eine Art Zeremonienmeister dieses Hofes. Mir scheint, er macht auf diese Weise den Irrtum Gottes wett, ihm eine höhere Geburt verweigert zu haben.

Es drängte den Pastor sichtlich zu reden. Aber er musste warten, bis Durchlaucht geruhte, eine Frage an ihn zu richten. Als er nach einem Wink der Herzogin Platz genommen hatte, schlenkerte sein eines Bein unruhig hin und her. Und seine Lippen schienen schon zu formen, was gleich zu sagen sein würde.

Es klang unwirsch, als Elisabeth Albertine endlich bei Leithäuser gleichsam den Korken aus der Flasche zog: »Pastor, klärt die Sache auf. Ihr seid über den abermaligen Todesfall unterrichtet, nehme ich an? Vermutlich wissen sogar schon die Neustrelitzer, dass bei den Mirowern schon wieder etwas Unerquickliches passiert ist. So etwas spricht sich mit Sicherheit schneller herum, als unser Drost seltsame Todesfälle aufklärt.«

Leithäuser wirkte keineswegs zerknirscht. Er weiß gut um seinen Einfluss auf die Herzogin. So sah er ihr denn auch geradewegs in die Augen, als aus ihm das zu Erzählende endlich herausströmen durfte, wie der Schaumwein aus der Flasche fließt.

»Auch ein Mann der Kirche muss gelegentlich zur Beichte schreiten«, hob er an. »Aber ich tue es in dem vollen Bewusstsein, das Rechte getan zu haben. Ich handelte, Durchlaucht, ganz aus vaterländischer Gesinnung.«

»Kommt zur Sache«, bemerkte die Herzogin. Ihr Ton war eher amüsiert als unduldsam.

»Ernst heißt der Junge, der da auf so furchtbare Weise Opfer seiner gottgefälligen Gesinnung geworden ist. Ernst Kahl. Der Herr sei seiner Seele gnädig. Er stammt aus Mirow-Dorf, saß aber im Wald hinter Peetsch. Er gehörte zu den Waldschraten, die den Teerofen dort betreiben.

Die Preußen haben ihn dort aufgespürt und mit sich genommen. Doch als sein Regiment durch Sewekow marschierte, nahm er Reißaus. Zusammen mit einem Freund aus Peetsch, einem Viehhirten. Den freilich erwischten die Häscher des Preußenkönigs. Vermutlich hat er längst sein Ende unter den Spießruten des großen Königs gefunden. Ernst aber schaffte es bis Buchholz.«

»Bis Buchholz?«, entfuhr es dem Drosten, Verblüffung in der Stimme.

»Ja, Buchholz. Der alte Behling, der Pastor dort, den ich meinen Freund zu nennen nicht verfehle, nahm ihn auf. Er ist von antifriderizianischer Gesinnung, Durchlaucht, durch und durch, Durchlaucht werden es ihm nicht verübeln. Er ließ mich in einem Brief von seinem Schützling wissen und bat mich, ich solle mich in Mirow der Sache des Jungen annehmen. So ist es gekommen, Fürstin. Die Kirchgemeinde in Mirow hat ihn versteckt. Und ich hatte versprochen, Eurer Hoheit von der Sache zu berichten und Euer Einverständnis zu erwirken, dass wir Ernst den Preußen nicht wiedergeben. Dass wir ein Zeichen setzen gegen all die preußischen Plünderungen. Wir wollten ihn in drei, vier Tagen zurück in seinen Wald, zu seinem Teerofen schicken. Aber nun, so sehe ich, komme ich zu spät.«

»Und diese merkwürdige Bittschrift? Auch davon habt Ihr gehört, nehme ich an?«

»Hoheit, verlangt nicht von mir, Namen nennen zu müssen. Ein Mitglied unserer Gemeinde hat die paar Worte aufgesetzt. Ernst sollte sie der Prinzessin in die Hand drücken, wenn sie sich im Garten ergeht. Alle hofften auf Lotchens Mitgefühl und auf seine Hilfe.«

»Aber weshalb musste er der Prinzessin auflauern?«

»Ach, was heißt auflauern. Das Wort ist hier ganz falsch am Platz, lieber Raden. Die Prinzessin hat in frühen Kindertagen mit Ernst wie mit all den anderen Kindern zusammen gespielt.«

»Als sie sich dieses furchtbare Platt angewöhnte«, warf Durchlaucht ungehalten ein.

»Es war seine eigene Idee gewesen. Ernst wollte mutig sein, vor die Prinzessin hintreten und sie an die Kindheitstage erinnern. Und wie schlimm nun alles geworden sei, wollte er ihr sagen, seit sie keine Kinder mehr sind.«

»Aber das Lotchen hat ihn nicht erkannt, den Ernst?«, fragte von Raden.

»Vermutlich. Der Schreck wird größer gewesen sein als alles andere, da auf einmal ein ihr fremd scheinender junger Mann vor ihr stand. Vielleicht hat es Ernst auch ein wenig ungeschickt angestellt. Vielleicht wirkte es auf die Prinzessin so, als sei er plötzlich dem Erdboden entsprossen. Fürwahr wie ein Waldschrat. Vielleicht hat ihn sein Mut verlassen, als er in dem Augenblick sehen musste, wie sehr die Prinzessin inzwischen den gemeinsamen Kindertagen entwachsen ist.«

»Als sie das furchtbare Platt sprachen«, wiederholte die Herzogin.

Das Lotchen, Graf, hätte sich am Ende womöglich noch bereden lassen und unserem großen König so einen Brief geschrieben. Charlotte kommt mir zwar sehr ängstlich vor. Aber es gibt Momente, da ist sie nur noch mutig und vergisst leicht alle Vorsicht. Vielleicht hätte sie den König in so einem Moment gefragt, ob sich all seine Siege lohnten, wenn dafür ihr Vaterland verwüstet würde. Was hätte unser König wohl gesagt bei Empfang eines solchen Briefchens, von weiblicher Hand und nach Parfüm duftend? Und dann auch noch aus Mirow. Gelacht hätte er, laut gelacht über seine Mirokesen. Ich musste mir übrigens auch das Lachen verkneifen bei Leithäusers Bericht. Sie sind so einfältig, die Mirokesen.

Als der Pastor geendet hatte, trat für einen Augenblick Stille ein.

Eine Fliege summte um uns herum. Durchlaucht erwehrte sich ihrer, indem sie ihren Maiglöckchenstrauß zur Hilfe nahm. Ich wartete gespannt. Denn es war noch längst nicht alles gesagt über diesen Ernst. Würde der Pastor auch von dem Verhör in der Dachkammer berichten, dem er Ernst unterzogen hatte? Ich überlegte, wie ich die Rede darauf bringen konnte, und wurde kühn.

»Dann hat unser Ernst womöglich auch Euer«, ich neigte meinen Kopf leicht gegen von Raden, »Haus angezündet.«

»Wie kommt Ihr darauf? Weshalb hätte er das tun sollen?«, fragten Pastor und Drost, beinahe wie aus einem Mund.

»Weil er weiß, dass Ihr Preuße seid, Drost.«

Von Raden wollte schon auffahren, als ihn ein Gedanke zurückhielt.

»Nun sagt bloß noch, lieber Leithäuser, der Junge ist in den Mord verwickelt? Er war doch in Buchholz?« Ich hatte mein Ziel erreicht.

Der Pastor räusperte sich, ehe er wieder das Wort nahm: »Er hat ihn gesehen.«

»Wen?«, fragte von Raden.

»Den Mord.«

»Er kennt den Mörder? Unsinn, er ist es selbst.«

Ich wusste gar nicht, dass der Drost so rasch aus der Fassung zu bringen ist.

»Er hat den Mord gesehen. Aber er wusste nicht, dass sich vor seinen Augen ein Mord abspielte ...«

»Leithäuser, was soll der Unsinn?« Der Drost grollte. Es war, als würde das Wasser des Stechlinsees aufschäumen, bevor der Hahn herausschießt und sein Unheil herauskräht. So, wie es die Sage erzählt, die auch Ihr kennen werdet, Graf. Bei Eurer Liebe zu Rheinsberg.

Leithäuser sah sich in die Enge getrieben und erzählte nun alles, was ihm Ernst berichtet hatte. Er vergaß dabei auch nicht zu sagen, dass Gottes Wege ergründbar seien.

»Und Plüschow stand an der Kutsche? Das ist doch wohl der Beweis. Wenn es denn stimmt, was der Junge, dieser Ernst, Euch erzählte. Aber vielleicht war ja alles nur gelogen.« Von Raden hatte sich halb erhoben. Er sah ein bisschen furchterregend aus, fand ich. »Nun, wir können ihn nicht mehr fragen.«

Selbst Durchlaucht schien ganz erschrocken darüber, wie erregt der Drost auf einmal schien.

»Aber Drost, was soll das? Seht es doch einmal vernünftig. Damit habt Ihr doch den letzten Beweis, dass Eure beeindruckende Nase schon den richtigen Riecher hatte.« Zu Leithäuser gewandt setzte sie hinzu: »Plüschow ist nämlich längst verhaftet.«

»Ich verbürge mich für Ernst Kahl«, sagte der Pastor stolz. »Ich trete jederzeit für ihn ein. Auch vor Gericht.«

»Das ist ja nun nicht mehr nötig. Er steht vor Gottes Gericht. Da habt nicht einmal Ihr Eintritt«, bemerkte die Herzogin.

»Auch vor dem Herrn würde ich mich für Ernst verbürgen«, nuschelte Leithäuser dennoch.

»Versprecht nicht zu viel«, warnte der Drost. »Wenn ich den Richtigen schon hinter Schloss und Riegel gebracht habe und wenn Ernst es nicht gewesen sein soll, wer bloß hat dann mein Haus angezündet?«

Nun mischte ich mich ein, indem ich endlich erzählte, woher der grüne Mantel stammte, der schon zweimal aufgetaucht war. Zuerst, noch gut erhalten, in Buchholz, nun, verbrannt, an des Drosten Haus.

»Es ist Frau von Rauchbars Mantel?«, fragte die Herzogin mit erhobener Augenbraue und fuhr fort: »Und dann noch ein altes Modell? Da will ich mich für die Rauchbar verbürgen, wie der Pastor es eben für diesen toten Buben aus dem Peetscher Forst getan hat. Die Rauchbar tut keiner Fliege und keiner Krähe etwas zu Leide. Sie mag ein bisschen wie ein Soldat aussehen, aber ihr Mut ist nicht der eines Soldaten. Eher der eines Hasen. Nicht wahr, Drost?«

Der Drost nickte mit gesenktem Haupt. Erst dachte ich, Wilhelm von Raden sei niedergeschlagen. Aber nein, er hatte nur nachgedacht.

»Wer also hat mein Haus angezündet und sich dabei zugleich des Mantels der Rauchbar entledigt?«

»Ernst war jedenfalls unter denen, die es zu retten suchten«, warf ich ein. »Denn er stand neben mir. Als ich den Toten sah, wusste ich wieder, dass wir vorgestern Abend zusammen die Wassereimer herangeschleppt hatten.«

»Wer also wollte mich in Rauch auflösen?«

»Drost, das müsst Ihr schon selbst herausbekommen«, sagte die Herzogin unwirsch. »Und zwar vor unserem Fest. Ich befehle es.«

Merkwürdig, das schien Wilhelm von Raden wieder zu beruhigen. »Und ich werde gehorchen. Wie versprochen.« Unter diesen Worten stützte er seine Arme auf die Oberschenkel und stand schwerfällig auf. Die Audienz war beendet. Die Herzogin wedelte uns hinaus mit ihrem Maiglöckchentuch, als eben der Gong zu Tisch rief.

Graf, auch ich läute meinen Gong, damit der Brief zur Postkutsche gebracht werde. Genug für heute. In zwei Tagen ist das Fest.

Wir wollen nicht sentimental werden, nicht wahr. Aber es versetzt mir schon einen kleinen Stich, dass ich seit vier Tagen nichts mehr von Euch gehört habe. Um Antwort fleht deshalb untertänigst

Eure Dienerin und Freundin
Luise Ernestine von Gagern

Hamlet stapft durch das Untere Schloss

An Ernst Ahasverus Graf von Lehndorff,
Kammerherr der Königin von Preußen

Mirow, Mittwoch, 29. April 1761, morgens

Euer Hochwohlgeboren,
eben höre ich, dass ein Bote aus Rheinsberg am Hof eingetroffen ist. Er wird wohl die Antwort gebracht haben auf die Einladung zum Frühlingsfest. Jetzt sitzt er im Mecklenburger Hof. In einer Stunde geht er wieder ab. Ich gebe ihm den Brief mit. Offenbar seid Ihr gerade bei Eurem großen Rheinsberger Freund Prinz Heinrich. Dann könntet Ihr meine Zeilen schon heute Abend in den Händen halten. Das ist eine Vorstellung, die mich vergnügt.

Man hat sonst nicht viele Vergnügungen am Hof der Mirokesen. Gerade sind wir umquartiert worden. Unsere Kammern im Schloss wurden für hohe Gäste des Festes geräumt. Wir mussten in das Untere Schloss umziehen, die Hofdamen mitsamt der Prinzessin. Das Schloss hat den Winter über leer gestanden. Ihr könnt Euch vorstellen, wie kalt und unbehaglich es jetzt dort ist. Dabei scheinen die Kamine und Öfen zu glühen. Ich habe die Prinzessin jetzt nicht mehr im Nachbarzimmer. Vielmehr trennt uns eine lange Galerie, was die Kontrolle über das Lotchen schwieriger macht. Wo ich es jetzt eigentlich nicht mehr aus den Augen lassen dürfte, nach dem Befehl der Herzogin.

Mein neuer Nachbar ist kein anderer als Rauchbart. Und eine Verbindungstür haben unsere Zimmer auch. Wir sind beide nicht glücklich darüber.

»Ich werde den Schlüssel auf meiner Seite im Schloss zweimal umdrehen, bevor ich mich zu Bett begebe«, bellte sie, als wir uns eben auf der Galerie trafen. »Sonst taucht Ihr des Nachts bei mir auf wie neulich im Gewitterzimmer.«

»Und ich werde die Nacht durchtanzen, damit ich gar nicht erst in die Versuchung komme, das Bett neben Euch benutzen zu müssen«, entgegnete ich.

»Das ist auch besser so. Wer weiß, mit wem Ihr sonst das Bett teilen würdet und was ich mir dann so alles bis zum Morgen anhören müsste.«

»Sollte es so kommen, macht Euch deswegen keine Sorgen«, giftete ich zurück. »Ihr werdet nichts davon bemerken. Ich werde Euch eine tüchtige Portion Schlafmittel in den Rheinwein schütten.«

»Oh, ich trinke nichts.« Bei dieser Bemerkung zitterte ihr Damenbärtchen ein wenig, so gelogen war das.

Ich ließ nicht locker: »Obgleich Ihr den Rheinwein doch so liebt. Extra für Euch habe sie ihn kommen lassen, hat mir Durchlaucht erzählt. Nur vom besten für Euch.«

»Ich werde auch noch eine Kommode vor die Tür schieben, um vor Euch sicher zu sein.«

Zum Glück hörten wir in jenem Moment den Drosten. Er hustete auf der Treppe, bevor er auf dem Flur erschien. Wollte er sich damit frühzeitig bemerkbar machen? Wie er da so langsam auf uns zukam, fiel mir wieder sein Hinken auf. Heute war es schlimmer als sonst.

»Die Hüfte«, stöhnte er, als hätte er in meinem Blick gelesen. »Das Krummstehen in unserem Geheimgang hat mir ganz schön zu schaffen gemacht. Aber pardon, ich störe wohl? Die Damen unterhielten sich gerade.«

»Ganz und gar nicht«, bellte Rauchbart, ohne den Drosten anzusehen. Vielmehr maß sie mich, während sie sprach, mit einem derart abfälligen Blick, dass das von Raden nicht entgehen konnte.

Er war es auch, welcher der Szene ein Ende bereitete, indem er Rauchbarts Ellenbogen nahm und sie behutsam zur Seite zog. Auf einmal stand ich allein da. Und ich begriff: Der Drost hatte zu Rauchbart gewollt, nicht zu mir. Wegen des vermaledeiten grünen Mantels, vermutete ich. Da würde Rauchbart sich also zu rechtfertigen haben.

Ich wollte es aber genau wissen, schlüpfte in mein Zimmer und legte das Ohr an die Verbindungstür. Aber nur Radens Gebrumm war zu vernehmen und manchmal ein leises Wort von Rauchbart. Sie sprachen absichtlich leise. Hatten sie Geheimnisse vor mir? Oder war das, was sie zu bereden hatten, derart peinlich, dass sie schon deshalb leiser sprachen? Aus lauter Ärger darüber, nichts hören zu können, wurde ich laut und schob nun auf meiner Seite unter Getöse eine Kommode vor die Verbindungstür.

Zu dumm, dass Rauchbart jetzt derart in meiner Nähe wohnt. Aber vielleicht schnarcht sie nachts so laut, dass sie und alle anderen Hausbewohner nichts davon hören, wenn wir uns davonstehlen, die Prinzessin und ich. Die Rauchbar sieht so aus, als würde sie schnarchen.

Die Nähe Rauchbarts ist zwar ein misslicher Umstand. Aber sonst, Graf, hilft mir die Umquartierung in das Untere Schloss bei meinen Plänen. Ich muss nun nicht bei Nacht und Nebel die Prinzessin von der Schlossinsel herunter entführen und am Ende dabei noch den geheimen Gang benutzen, den Plüschow und ich auf so pikante Weise entdeckten und der Radens Hüfte derart beanspruchte.

Hier am Unteren Schloss steigen wir kurzerhand aufs Pferd – und dann ade, schreckliches Mirow. Bis hinter Canow im Galopp, an der Grenze einmal noch lächelnd zurückschauen, und wir sind gerettet. Ich habe einen Stallknecht aufgetan, der mir für ein Goldstück die Pferde sattelt und schweigt wie ein Backstein. Wenn zum Frühlingsfest die Kutschen vorfahren und die Reiter aus allen Himmelsrichtungen herantraben, fallen unsere beiden bepackten Pferde nicht weiter auf. Überhaupt wird uns das Durcheinander helfen, welches das Fest mit sich bringt. Wer weiß, wie lange es dauern wird, bis Rauchbart oder wer auch immer bemerkt, dass das Vögelchen Lotchen ausgeflogen ist.

Alles geht also nach Plan, wie Ihr seht. Wie Ihr es gefordert habt in Euren freilich allzu dürren Zeilen, die der Rheinsberger Bote für mich mitgebracht haben muss. Sie nahmen allerdings einen ungewöhnlichen Weg. Sie wurden mir unter der Tür meines eben erst bezogenen Apartments durchgeschoben, als ich bei der Herzogin saß. Es war wieder einmal Stickstunde. Der Bote selbst kann es nicht gewesen sein. Man hätte ihn nicht allein durchs Schloss laufen lassen. Und nur wenige Leute am Hof wissen, wer während der Zeit des Festes an welcher Stelle wohnt.

Egal. Eines muss ich Euch aber noch gestehen. Die Prinzessin … Sie ist ein bisschen merkwürdig geworden. Und ich glaube zu wissen, seit wann. Ich sah sie gestern im Schloss auf dem Weg zu mir, als ich zufällig abermals im Festsaal am selben Fenster stand wie neulich, als die Kutsche mit dem toten Pfeil ankam. Ich bemerkte Charlotte am Rondell. Da schoss mit einem Male die Kosboth auf sie zu, als hätte sie in einer verborgenen Ecke nur auf die Prinzessin gewartet. Die Kosboth trug wieder die Schuhe mit den Sporen an den Hacken. Aber diesmal fuchtelte sie damit nicht herum, sondern stand ganz still. Ihr Mund kam freilich tüchtig in Bewegung. Sie redete auf Lotchen ein. Ihre Hände gingen dabei auf und ab. Immer zugleich, als wollte das Kätzchen zum Vögelchen werden und jeden Moment auffliegen. Wahrscheinlich um sich zu den Inselkrähen zu gesellen, dachte ich, ich gebe es zu, ein wenig gehässig an meinem Fensterplatz. Auffliegen zu ihresgleichen. Aber bei der Kosboth mit ihren kurzen Armen erinnerten die Bewegungen mehr an das vergebliche Flattern eines Huhns.

Die Prinzessin hielt vor der Kosboth den Kopf halb schräg gesenkt, als wollte sie ihr Gesicht vor dem Schwall der Worte schützen, wie man vor einem Wasserstrahl in Deckung geht. Sie müssen über den Mord an Johannes von Pfeil gesprochen haben. Bei Hofe redet sonst eigentlich niemand mehr davon, Graf. Man redet vom Frühlingsfest. Man redet über Garderoben und wer was tragen könne. Man erzählt sich Wunderdinge vom Kleid der Prinzessin. Und man fragt sich, wer Durchlauchts Einladung folgen werde. Und vor allem, viel interessanter: wer nicht.

Wie Pfeil am Rondell angekommen war und aus der Kutsche fiel, das ist so gut wie vergessen. Selbst den Drosten scheinen derzeit andere Dinge zu beschäftigen. Der Geheimgang vor allem. Dort findet man ihn jetzt alle Tage. Vielleicht muss man ihn eines Tages heraustragen, weil er vor lauter Hüftschmerzen nicht mehr allein zurück ans Tageslicht gelangen kann.

Die Kosboth jedenfalls muss am Rondell den Namen Pfeil erwähnt haben. Denn als Lotchen kurze Zeit später die Treppe hinauf in den Festsaal gehastet kam und sich etwas japsend für die Verspätung entschuldigte, setzte es sogleich hinzu: »Ihr wart im Irrtum, Ernestine.« Charlotte schnaufte dann noch ein paar Mal durch ihre große Nase, bevor sie hervorstoßen konnte: »Oder Ihr habt mich belogen.«

»Oh je, Lotchen. Wie sollte mir das gelungen sein? Wovon sprichst du, Kind?« Im Stillen dachte ich, dass die Prinzessin mit ihrer Einbildungskraft und Launenhaftigkeit womöglich bloß Shakespeares Ophelia gleichen wolle – hatten wir uns doch gerade in unserem Unterricht mit »Hamlet« ausführlich beschäftigt.

Und Ophelia wehrte sich: »Nennt mich nicht Kind. Ich bitte Euch. Wer immer den Grafen in Buchholz …«

»Johannes von Pfeil«, warf ich mit der strengen Stimme einer Lehrerin ein.

»… den Grafen von Pfeil umgebracht hat, er tat es nicht, wie Ihr mir damals in der Kutsche weismachen wolltet, um seiner selbst Willen.«

»Nicht um seiner selbst Willen? Ich verstehe nicht.«

»Er tat es nicht, weil er Pfeil aus welchem Grund auch immer gehasst hätte, auf Leben und Tod gehasst hätte.«

»Sondern?«

»Pfeil wurde ermordet, weil er einen Auftrag hatte. Einen Auftrag aus Hannover. Der Mörder wollte ihn hindern, seine Mission zu erfüllen. Und hätte irgendjemand anderes diesen Auftrag bekommen, wäre der jetzt tot, aber Pfeil lebte.« Das Lotchen trat dicht an mich heran. »Und bei diesem Auftrag ging es um mich. Um mich! Man hat Papiere gefunden, die das beweisen.«

»Was du dir nur einbildest. Graf von Plüschow sitzt doch längst in Haft. Er wird seine Richter irgendwann wissen lassen, weshalb er den Pfeil auf dem Gewissen hat. Zur Not muss man etwas nachhelfen lassen.«

»Nachhelfen lassen? Meint Ihr Folter?«

»Nun, wenn er allzu verstockt sein sollte …«

»Ihr seid so scheußlich.«

Die Prinzessin wurde über und über rot. Hatte ihr denn noch niemand erzählt, dass der mecklenburgische Gesandte einst in Wien … Aber nein, natürlich wusste sie es.

»Man sagt, er ist es nicht gewesen, auch wenn er Gründe gehabt hätte.«

»Wer sagt das?«

»Ich hörte so etwas.« Das Lotchen drehte mir den Rücken zu.

Ich berührte die Schultern der Prinzessin. »Lass dir nichts einreden. Ja, Plüschow hatte seine Gründe, Pfeil aus dem Weg zu räumen. Seine Herzensdame an einen anderen verlieren zu müssen. Gut, das ist noch kein Beweis, zugegeben. Aber ausgerechnet bei ihm werden dann auch noch die Papiere gefunden, die eigentlich in Pfeils Felleisen gehörten. Das wäre dann doch ein bisschen viel Zufall, nicht wahr?«

»Aber man sagt, wenn die Papiere so wichtig waren, weshalb lagen sie dann noch in Plüschows Gasthofzimmer? Weshalb lagen sie nicht schon in Schwerin, wo man doch immer argwöhnt, dass bei uns in Strelitz etwas passiert, was dem Herzog dort nicht passt?«

»Wer sagt das?«, wiederholte ich mit harter Stimme. Ich war über mich selbst erschrocken und versuchte etwas freundlicher zu klingen, als ich fortfuhr: »Natürlich könnte jemand unserem Gesandten die Papiere untergeschoben haben. Auch die Grabow hat Pfeil gekannt, und er hat ihr einst übel mitgespielt. Oder wenn nicht ihr selbst, dann doch ihrer Familie. Schlimme Geschichten. Ich sage Euch, die Rauchbar war von dem, was ihre Freundin Grabow über Pfeil zu erzählen wusste, so empört, dass sie sagte, den hätte sie mit eigenen Händen umbringen können. Ich war dabei. Ich bin Zeuge. Und wenn sie es am Ende getan hat?«

»Die Grabow? Die Rauchbar? Was redet Ihr da?« Das Lotchen drehte sich wieder zu mir. Aber wie zur Abwehr hielt es ihre Arme über der Brust verschränkt.

»Ja. Die Grabow, die Rauchbar. Und dann: Was hat der Fahnenflüchtige wirklich getan, bevor er sich bei uns aufspießte? Den Mord nur beobachtet, ohne zu begreifen, dass er einen Mord sah? Und Pastor Leithäuser? Oder war da noch jemand, von dem wir bislang gar nichts wissen?«

»Ihr verdächtigt Leithäuser?«

»Ich verdächtige niemanden. Ich sage nur, jeder hatte mit Pfeil ein Hühnchen zu rupfen. Sogar die Grabow, unsere Dichterin, die Unschuld selbst. Aber nun redet nicht weiter davon. Wir müssen mit dem Unterricht beginnen.«

Doch Lotchen war jetzt voller Unruhe. Die Röte wollte nicht mehr aus seinem Gesicht weichen. »Und Plüschow ist unschuldig?«

»Wir wissen es nicht. Auch der Drost weiß es nicht. Aber wir werden es herausfinden, meine Liebe.«

»Wenn Plüschow zurückkommt, wenn er unschuldig ist, will ich nicht mehr weg von Mirow«, entfuhr es daraufhin der Prinzessin. »Und ich weiß, dass er unschuldig ist.«

Ich nahm sie in den Arm und streichelte ihr über den Rücken, wie man es eben tut bei einem trotzigen Kind, um es zu beruhigen.

»Aber, Prinzessin, wir haben nun so oft darüber gesprochen. Ich müsste mich eine schlechte Lehrerin schelten, würde ich nicht Eure Grillen zu verjagen suchen. Plüschow! Lasst Ihn dahinfahren, in die Hölle oder wieder zurück nach Schwerin. Das ist ziemlich dasselbe.«

»Aber ich liebe ihn.« Sie blieb heute dabei, die Ophelia zu spielen.

»Papperlapapp. Was wisst Ihr von Liebe? Gar nichts wisst Ihr davon. Und Ihr erfahrt auch nichts von der Liebe, wenn Ihr hierbleibt. Wo sollte die Liebe herkommen? Hierhin verirrt sich kein edler Prinz, der für Euch erglüht. Macht Euch nicht lächerlich mit Plüschow. Er steht so weit unter Euch. Außerdem ist er vergeben.«

Das Lotchen versuchte, seine Tränen zurückzuhalten. Aber seine Stimme war schon erstickt, als es herausbrachte: »Das ist nicht wahr.«

»Und wenn Ihr Euch komisch anstellt mit der Liebe, wenn Ihr nicht standesgemäß lieben könnt, dann droht Euch das Leben als adeliges Fräulein in einem so schönen Stift wie Malchow oder Ribnitz. Mit Gott wäret Ihr dann verheiratet und nicht mit einem Mann. Wollt Ihr das? Wollt Ihr ins Kloster?«

»Um Himmels Willen.« Die Tränen versiegten beinahe schlagartig.

»Oder Eure Mutter, Euer Bruder weisen Euch zu, wen Ihr zu nehmen habt. Der Wille der Familie ist Gesetz. So verlangt es nun einmal die Etikette. Ich kann Euch sogar schon sagen, wer da in Frage käme, welche anderen Höfe. Ihre Gesandten werden versuchen, Euch auf dem Frühlingsfest den Hof zu machen. Im Namen ihrer Herren.«

»Jetzt nennt Ihr mich nicht mehr ›du‹.«

»Ihr seid zur Frau geworden, Prinzessin. Beim Fest ist schon nicht mehr Eure Mutter die Gastgeberin, sondern Ihr werdet es sein. Es ist Euer großer Auftritt in Rosa. Aber dann? Danach? Nach dem großen Auftritt, wenn Euch alle, vom Rheinwein befeuert, umschwärmten? Wollt Ihr hier in Mirow Euer Leben wegwerfen? Oder in Schwedt? In Gotha? In Sanger- oder Sondershausen? Das kann nicht Euer Wille sein, oder?«

Lotchen war nur noch ein Häufchen Unglück.

Ich tröstete das Mädchen: »Aber es gibt einen Ausweg. Ich werde Euch in Euer Glück begleiten. Glaubt mir, das Glück ist nicht hier. Auf einem anderen Boden werdet Ihr aufblühen und glücklich sein. Ich weiß es. Wir werden zusammen glücklich sein.«

Da hatte ich, den Blick zum Himmel gehoben, etwas übertrieben. Sogleich schaute sie misstrauisch. »Ihr seid so beredt. Bitte nennt mich wieder Lotchen.«

»Eure Kindheit ist vorbei«, rief ich, einmal in Schwung. »Und eigentlich bedürftet Ihr nun auch meiner nicht mehr, wenn es für Euch nur Mirow gibt und nicht das, was schon gleich hinter Buchholz anfängt: die große, weite Welt.« Ich schickte mich an, den Saal zu verlassen. Aber sie hielt mich zurück. Ich hatte es natürlich so erwartet. Sie ist nichts weiter als ein Kind. Ich habe leichtes Spiel mit meiner unsteten Ophelia.

»Aber dieser Boden für meine Zukunft, von dem Ihr sprecht, darf nicht der preußische sein, schwört das.«

»Lotchen, wie dumm von dir. Preußen! Wie kommst du auf Preußen? Selbst dem König, den sie heute den Großen nennen, ging es in seiner Jugend kaum anders als dir damals. Sein kleinlicher Vater hat auch über ihn nur kleinlich gewacht. Und sich dann gewundert, wie dem Fritz die Augen übergingen, als er einmal mit nach Dresden reisen durfte. Die schöne Stadt, die breite Elbe, die großartigen Bauten, der stattliche König, der Hufeisen verbiegen konnte, die Abfolge von Bällen und Theateraufführungen, die Jagden und – die Frauen. Endlich leben, hat sich der kleine Fritz damals gesagt. Er hätte von seinem Vater fliehen müssen.«

»Aber er hat es nicht getan.«

»Nun, immerhin hat er es versucht. Es hat ihm das Küstriner Exil eingebracht. Weißt du überhaupt etwas davon? Als er endlich König wurde – du warst noch nicht geboren –, da hat er es eilig gehabt, sich das herrliche Sachsen untertan zu machen.«

»Ich will aber nicht ins Exil. Ich will auch nicht nach Sachsen. Die sprechen da so komisch. Ich hätte immer Heimweh, wenn sie den Mund nur auftun in ihrem Dresden.«

Ich gewann noch mehr an Fahrt, denn jetzt ging es um alles: »Was ist auch Sachsen, bei Licht besehen. Schulden über Schulden. Wer regiert eigentlich in Dresden? Irgendein Nichtsnutz, der alles verspielt, Geld und Kronen. Mag sein, man versteckte dich zuerst auf einem der prächtigen Schlösser dort. Aber dann Wien. Oh ja, ich sehe dich in

Wien, die prächtige Krone … Ein Riesenreich mitten in Europa … Die ganze Welt läge dir zu Füßen.«

In diesem Augenblick war mir, als hörte ich jemanden an der Tür. Ich lauschte, aber es war nichts.

»Jetzt sagt Ihr wieder ›du‹«, sagte das Lotchen, das ebenfalls kurz aufgemerkt hatte.

Ich erzählte weiter. Ich erzählte, von Fernweh getrieben, von Hofburg, Burgtheater, Stephansdom und Kapuzinergruft. Ich schwärmte von Schönbrunn und von der Größe des Reiches. Alles Orte, an denen ich noch nie gewesen bin, wie Ihr wisst, Graf. Mit meinen Gedanken aber war ich derweil ganz woanders. Von Pressburg und Ofen erzählte ich. Von Prag und Mailand. Ich setzte hinzu: »Aber die gute Grabow kann Euch vielmehr davon berichten. Sie kommt aus Wien. Ihr Schicksal war: von Wien nach Güstrow, von Güstrow nach Mirow. Von Abstieg zu Abstieg. Gott hat es nicht gut mit ihr gemeint. Lasst sie nachkommen, wenn Ihr in Wien lebt.«

Ich kam mir vor wie in dem pommerschen Märchen von dem Fischer und seiner Frau, das sie hier alle kennen. Vielleicht, weil es die Armut so hübsch beschönigt. Die Mirokesen hatten schließlich noch nie einen großen Fisch an der Angel, und ihre Schlösser gleichen der Wohnung des Fischers, umgedrehten Pisspötten.

Pardon, Graf, ich höre schon auf. Aber so wie die Fischerfrau am Ende nicht einmal mit der Kaiserkrone zufrieden ist, so mochte Lotchen nichts von Wien hören. So wie die Fischerfrau Papst werden wollte, wollte ich Wien übertreffen, indem ich anfing, von Paris zu schwärmen. Immerhin bin ich, anders als in Wien, in Paris schon einmal gewesen. Wie jung ich noch war, als ich mich in den Spiegeln von Versailles sehen konnte. Unterwegs in Eurem Auftrag.

»Hört auf«, rief die Prinzessin und führte ihre Finger an die Schläfen, als hätte sie Kopfweh.

Ich hörte tatsächlich abrupt auf. Mir war, als wäre ich durch einen Schlag auf den Hinterkopf aus einem Rausch erwacht. Dabei hatte es nur laut geklopft. Jetzt hatte es wirklich laut und deutlich geklopft. Ich eilte noch etwas benommen zur Tür, riss sie auf und fuhr im selben Moment zurück. Ich sah in einen Totenschädel mit aufgerissenen Augen, in denen das Weiß so riesig schien, als hätte man ein Ei aufgeschlagen und gebraten. Ich sah Pupillen durch das Weiße kreisen wie Schwalben durch den Himmel schießen. Und ich sah auch noch, dass die eine Pupille größer war als die andere. Als würde Gott mich anblicken. Und Gottes Schädel hatte auch ein klapperndes Maul. Aus diesem ertönte ein markerschütternder Schrei …

Dann muss ich in Ohnmacht gefallen sein.

Als ich wieder zu mir kam, fand ich mich auf einem der Stühle im Saal, mehr liegend als sitzend, über mir das blasse Gesicht der Prinzessin.

»Sie kommt zu sich, dem Herrn sei Dank«, sagte das Lotchen.

Neben ihr tauchte ein zweites Gesicht auf, das mich jetzt nicht mehr derart schrecken konnte. Es war das schwarze Rund von Philipp.

»Schaut, Ernestine, was Philipp gefunden hat«, sprach die Prinzessin zu mir.

Ich drehte meinen Kopf etwas zur Seite in die Richtung, die das Lotchen mir wies. Der Kaminsims kam in meinen Blick, auf dem normalerweise zwei Leuchter ihren Platz haben. Die Leuchter standen auch richtig da. Aber zwischen ihnen, Graf, lag etwas, was vorher nicht dagewesen war. Der Totenschädel.

»Nicht schon wieder Hamlet«, stöhnte ich. Aber das verstanden weder die Prinzessin noch Philipp.

»Ich fand ihn vor der Tür«, sagte der Mohr. »Ich wäre fast darüber gestolpert. Es kleben noch Erdklumpen dran.«

Da war Philipp, in der Tür stehend, mindestens genauso erschrocken gewesen wie ich. Dieser schwarze Mann vom Hasenpanier. Ich trank einen Schluck aus der Wasserkaraffe, die mir der Mohr reichte. Eine schöne Arbeit aus funkelndem roten Glas. Ein Schluck genügte. Ich war wiederhergestellt.

»Geht es Euch besser?«, fragte Philipp, unnötigerweise, wie ich fand.

»Ja«, gab ich zur Antwort und stand schon auf meinen noch etwas wackligen Beinen.

Eigentlich war Philipp nur gekommen, um die Prinzessin zu Durchlaucht zu befehlen. Sie würde ihn wegen seines langen Ausbleibens schelten. Also ließ ich die beiden ziehen. Und wunderte mich einmal mehr, wie liebevoll Philipp das Prinzesschen in den Arm nahm und watschelnd hinaus in das Treppenhaus führte.

Nein, er konnte den Schädel nicht mitgebracht haben. Da war ich mir sicher. Wer aber dann? Und wozu? Galt der Schädel mit den Erdklumpen der Prinzessin oder mir? Oder jemand anderem, der im Saal vermutet wurde? Etwa dem Tanzmeister, der hier jeden Augenblick erscheinen musste?

Egal. Jedenfalls habe ich mich von meinem Schrecken mittlerweile wieder erholt. Der Rheinsberger Bote ist aus dem Mecki zurück, sehe ich. Dann mit Gott. Bleibt mir gewogen, Graf. Ich kann den Moment kaum erwarten, endlich wieder vor Euch zu stehen. Die Aufregung darüber erscheint mir beinahe größer als jene, die mir die nächsten Stunden bringen wird. Die letzten Stunden, Graf, bis zu unserem Wiedersehen, so hoffe ich.

Eure Euch verehrende und sich verneigende
Luise Ernestine von Gagern

Zeus, Athene und Amor treten im Festsaal auf

An Ernst Ahasverus Graf von Lehndorff,
Kammerherr der Königin von Preußen

Mirow, Freitag, 1. Mai 1761, 4 Uhr nachts

Graf,
es dauert nun nicht mehr lange. Bald geht die Sonne auf. Dann beginnt unsere Reise. Ich müsste noch ein wenig schlafen. Aber ich fühle mich nicht müde. Bin ich aufgeregt? Nein, bestimmt nicht. Auch wenn es nicht alle Tage vorkommt, dass man eine Prinzessin aus hohem Hause zu entführen hat, nicht wahr?

Das Frühlingsfest, welches wir glücklich hinter uns gebracht haben, war so komisch, wie man es nur am Hof der Mirokesen erwarten darf. Ich will Euch noch ein wenig davon erzählen. Den Brief nehme ich mit. Ich werde ihn an meinem Busen tragen. Und bei der ersten Gelegenheit gebe ich ihn auf die Post, damit er Euch noch vor unserem Wiedersehen erreicht.

Unser Wiedersehen! Irgendwo gleich hinter der brandenburgischen Grenze gebe ich den Brief auf. Wenn ich mich sicher fühlen darf. Wenn ich meinen Auftrag erfüllt habe. Wenn ich mich endlich wieder auf ein paar Tage in Berlin freuen und Euch sehen darf. Wie wird es sein, wenn wir uns gegenübertreten, nachdem wir so viele Briefe gewechselt?

Aber was heißt: gewechselt. Ich bin böse, Graf, dass Ihr mich zuletzt so vernachlässigt habt. Seit Tagen überhaupt keine Briefe mehr und nur einmal die paar nichtssagenden Zeilen über den Rheinsberger Boten. Sollte das auch eine Prüfung sein? Was bekomme ich eigentlich von Euch, wenn ich all diese Prüfungen bestanden habe? Stellt Ihr mich dann Eurer Königin vor? Oder Prinz Heinrich in Rheinsberg? Wie aufregend!

Wie langweilig!

Egal. Was wird aus dem Lotchen, wenn ich sie den fürchterlichen Mirokesen entrissen habe? Sie wäre eine Zierde am preußischen Hof. Sie hat Anlagen, zweifellos. Ich glaube sogar, die Augen unseres großen Königs würden mit Wohlgefallen auf ihr ruhen. Er mag die Weiber nicht, werdet Ihr einwenden. Ich weiß. Lasst Euch was einfallen für Sophie Charlotte. Kümmert Euch um ihre Zukunft. Macht sie groß.

Aber ich verplaudere mich. Also das Frühlingsfest. Die Walpurgisnacht. Der Tanz in den Mai. Er war das, was die Mirokesen unter prächtig verstehen. An die zweihundert Gäste, immerhin. Eine große Vorfahrt mit rotem Teppich. Kutscherlärm, Pferdewiehern und Gedränge der Wagen auf der sonst so stillen Schlossinsel. Die Krähen mochten sich gar nicht mehr beruhigen. Mit dem bösen Vergnügen von schwarzen Gottesgeschöpfen, die wissen, dass sie nur dazu geschaffen sind, andere Gottesgeschöpfe zu ärgern, rächten sie sich auf ihre schamlose Weise für den Lärm. Im Flattern entleerten sie sich auf den Kutschen. Es klatschte nur so auf Planen und Holz. Auch manchen wackeren Reitersmann hat es getroffen. Aber alles Gelärm der Kutschen und aller Regen aus Kot waren vergessen, als im Saal die Musik zu spielen anfing. Es war eine wunderbare Musik. Eine Musik, wie man sie wohl auch am preußischen Hof nicht oft zu hören bekommt.

»Die Krähe an sich ist ein kluges Tier«, nuschelte Pastor Leithäuser. »Gott hat ihr zuerst die Hässlichkeit verliehen und danach, gleichsam zum Ausgleich, die Intelligenz.« Er kicherte. »Oder war es umgekehrt?«

»Schade, dass ich meine Pistole nicht dabei habe, um ein paar von ihnen vom Himmel zu holen«, entgegnete ich.

Wir schritten zufällig gemeinsam den von Fackeln hübsch erleuchteten Weg durch den Garten vom Torhaus zum Schloss herüber.

»Ja, richtig, Madame von Gagern«, erwiderte er, »irgendwer hat mir kürzlich erzählt, wie verteufelt gut Ihr mit Waffen umzugehen versteht.«

»Vielleicht ein Herr von Plüschow?«

»Ja, richtig. Der erwähnte es. Bevor ihn das Schicksal – nun, sagen wir: wie ein Schuss traf.« Der Pastor kicherte. »Ob wir den noch einmal wiedersehen, Madame?«

»Hat er wirklich ›verteufelt‹ gesagt, der Plüschow? Zu Euch, Pastor?«

»Ihr habt eine Art, einen auf das Wort festzunageln. Eine Frau mit Pistolen unter ihren Röcken ist des Teufels. Da werdet Ihr mir doch wohl zustimmen?«

»Oh, ja, das tue ich gern«, sagte ich.

Vor dem Schlossportal wurden wir inmitten der dahineilenden Festgemeinde getrennt. Gerade traf der Herzog mit seiner Schwester Christel aus Neustrelitz ein. Die Prinzessin, nachdem sie strahlend Bruder und Schwester begrüßt hatte, erschien für einen Augenblick an meiner Seite. Es war, als würde eine Frühlingsblüte aufbrechen, rosa schäumend und derart duftend, dass die Unansehnlichkeit der dazu gehörenden Pflanze verborgen blieb. Die Prinzessin war von ihrem eigenen Auftritt wie betrunken. Sie erlaubte es sich, mir verschwörerisch zuzuzwinkern. Das erinnerte mich an den Auftrag der Herzogin: Sophie Charlotte um keinen Preis aus den Augen lassen.

Die Defiliercour dauerte lange. Obwohl vom Rheinsberger Hof doch tatsächlich zur allgemeinen Enttäuschung nur der Wreech, der Hofmarschall, angereist war. Wenn schon nicht Prinz Heinrich selbst, so wenigstens sein unterhaltsamer Kammerherr, mag sich die Herzogin gesagt haben. Ein rechter Trost dürfte es ihr dennoch nicht gewesen sein. Dafür waren alle anderen Nachbarn vertreten. Auch die Schweriner – wie sich noch herausstellen sollte.

Als endlich alle Gäste die Herzogin und ihre Tochter artig begrüßt hatten, stellte ich mich hinter das Lotchen und bewachte fortan jeden seiner Schritte. Ein anstrengendes Geschäft war das, Graf. Wenn ich das allein getan hätte, um das Mädchen nach dem Fest wie befohlen unversehrt zu Bett zu bringen, es wäre das langweiligste Fest meines Lebens gewesen. Unter meinem Niveau, wenn Ihr den Ausdruck erlaubt. Aber ich tat es nicht für die Herzogin und nicht für die Mirokesen. Ich tat es für mich. Für Euch tat ich es. Ich tat es für Preußens Ruhm und Ehre.

Die Hofkapelle, wie gesagt, spielte bedeutend. Die Musiker waren aus Schwerin herübergekommen. Ein eigenes Orchester kann sich der Neustrelitzer Hof schon lange nicht mehr leisten. Immerhin: Ein Neustrelitzer, derzeit im Schweriner Exil, war der Kapellmeister, der zauberhafte Giovanni, den Ihr noch kennen dürftet, wenn auch nur unter seinem richtigen Namen. Johann. Ja, Johann Wilhelm Hertel stand dort, spielte und dirigierte. Er sieht italienisch aus mit seinem feurigen Blick, aber er ist kein Italiener. Glutvolle Augen, tiefschwarzes Haar, dunkle Stimme. Und seine Violine behandelt er, als wäre sie ein Degen, mit dem er sich die ganze Welt erobern kann, vorzugsweise des Nachts, belohnt durch die Gunst schöner Frauen.

»Das ist ein Mann, was?«, sagte ich, indem ich mich zu der vor mir sitzenden Prinzessin hinabbeugte.

Sie hob ihren Kopf zu mir herauf, ohne dabei die Gesellschaft aus den Augen zu lassen: »Oh, wie recht Ihr habt. Nicht so etwas Blasiertes und Blasses wie all die Höflinge und diese Gesandten, die mich nur verkuppeln wollen.«

Ich nickte zufrieden, was Sophie Charlotte, die sich wieder der Gesellschaft zuwandte, freilich nicht mehr sehen konnte.

Dann aber geschah etwas, was einer Walpurgisnacht tatsächlich alle Ehre machte. Ein merkwürdiger Hexentanz begann. Giovanni eröffnete ihn, indem er mit einer herrlichen Bewegung seiner langen, zart gegliederten Finger der Kapelle Einhalt gebot. Er allein jedoch spielte weiter. Er bewegte sich dabei tänzelnd durch den Saal. Er verbeugte sich im Vorüberschweben vor Durchlaucht und vor der Prinzessin und kam schließlich zu einem der Kamine. Dort blieb er stehen, spielte aber immer weiter.

Zwei Kamine liegen sich im Saal gegenüber, Graf. In dem einen, auf dessen Sims Philipp vor zwei Tagen den Totenschädel gelegt hatte, brannte lustig ein Feuer. Der andere aber war kalt geblieben. Jetzt sollte die Gesellschaft erfahren, weshalb.

»Löscht die Kerzen«, hieß es, und die Lakaien eilten. Nur die neben dem kalten Kamin durften weiterleuchten. Giovanni improvisierte immer noch, bis sich knarrend im Halbdunkel eine Tür öffnete. Das Geräusch konnte nur aus dem Kamin gekommen sein. Die Musik brach wie erschrocken ab.

»Was bedeutet das?«, raunte es durch die Festgesellschaft.

»Der Drost!«, rief es.

Tatsächlich, da stand von Raden. Wie aus dem Erdboden gewachsen. Er war ohne Perücke wie neulich nach dem Brand und gekleidet in eine Art Toga. Seine Füße steckten in lustigen Sandalen. In der Hand hielt er einen rot bemalten Zacken, der wohl einen Blitz darstellen sollte. Seinen kahlen Schädel umrankte ein Lorbeerkranz.

»Ein Theaterstück«, rief die Grabow, drängte sich entzückt in die erste Reihe der Umstehenden und nahm damit anderen die Sicht. Das leise Murren deswegen störte sie nicht. Freudig klatschte sie in die Hände.

»Oh, ein Dramolett«, rief der Gesandte aus Schwedt, ein behäbiger Mann von gar zu kleinem Wuchs, der bei der Begrüßungszeremonie sich vor der Herzogin und ihrer Tochter die Verbeugung hatte ersparen können, weil er ohnehin aufschauen musste. »So etwas mögen wir auch an unserem Hof gern. Wunderbar!«

Die Toga hatte ein paar schwarze Flecken abbekommen. Ebenso das Gesicht Radens und die Glatze, was besonders lustig aussah. Er war also tatsächlich soeben dem Kamin entstiegen, als hätte er vom Feuer immer noch nicht genug.

Jetzt donnerte er: »Zeus bin ich!«

Ihr könnt Euch, Graf, meinen Schrecken vorstellen. Hatte ich nicht immer davon geschwärmt, den Drosten einmal bei unseren lebenden Bildern zu besetzen?

»Der gute Raden ist oben so kahl«, flüsterte ich Lotchen zu. »Am liebsten kramte ich für ihn die leider ganz aus der Mode gekommene Allongeperücke hervor, um seinen riesigen Kopf angemessen zu bedecken. Irgendwo haben wir bestimmt noch eine.«

»Allonge was?«, fragte sie zurück.

In dem Augenblick fasste sich der Drost, als hätte er es gehört, an eben diesen kahlen Schädel, erst mit der einen Hand, dann, nachdem er seinen Zacken der juchzenden Grabow in die Hand gedrückt hatte, auch mit der anderen.

»Was schmerzt mich der Kopf? Als wollte etwas heraus aus meinem Schädel«, jammerte er theatralisch und bewegte seinen Oberkörper hin und her – wie man es von Kühen auf der Weide kennt. Der Lorbeerkranz fiel ihm zur allgemeinen Erheiterung herunter. Die Grabow haschte danach. Es hätte nicht viel gefehlt und sie hätte ihn sich aufgesetzt. Die Prinzessin schlug vor Vergnügen beide Hände vor den Mund und lachte lauthals. Nur mir, Graf, war das Lachen ein wenig vergangen, wie Ihr Euch vorstellen könnt. War es doch, als hätte ich selbst das Stück geschrieben, von dessen Aufführung ich nichts wusste.

Der Drost schrie wie in unsagbarem Schmerz auf und steckte den Kopf in den Kamin.

»Also bei uns wäre der Kamin trotz des Theaterstücks befeuert gewesen«, raunte der Schwedter Gesandte. »Ein Zeus vermag auch durch Flammen zu gehen.«

Dumpf klang aus dem Hohlraum das Heulen von Radens. Und dann musste er auch noch niesen. Wie ein Kanonenschuss klang das. Alles lachte. Als er aber wieder hervorkam, noch schwärzer als zuvor, war er nicht mehr allein.

»Die Kosboth«, raunte es.

Die Kosboth gab die dem Haupt des Zeus entsprungene Athene. Ihre Kugelgestalt bedeckte eine Rüstung, die man freilich nur auf ihr Gewand aufgemalt hatte. Sie trug einen gewaltigen Helm aus Pappmaschee, fast so groß wie sie selbst, und hielt in der Hand einen Speer. Sie machte ein herrlich beleidigtes Gesicht, wie es, dachte ich, nur Katzen können. Ausgerechnet die in Liebe erglühte Kosboth musste die Göttin der Lieblosigkeit darstellen. Es war zu kurios.

»Der Busen ist doch nicht echt«, hörte ich irgendwo im Halbdunkel eine männliche Stimme.

»Der Drost wird schon wissen, was er an ihr hat«, wisperte eine weibliche zurück.

»Ein hübsches Kätzchen.«

»Kätzchen? Unsinn. Zu Athene gehört doch die Eule.« Es folgte ein halbunterdrücktes Prusten.

Der Beifall für die Kopfgeburt im Kamin wollte kein Ende nehmen. Man klatschte, bis die Herzogin huldvoll mit ihrem heute zitronengelben Tüchlein winkte. Offenbar war das ein vereinbartes Zeichen. Der zweite Akt begann.

Wie Ihr wisst, Graf, ist der Festsaal überladen mit halbplastischen Engelchen. Von denen fiel eines, ein Amor mit Pfeil und Bogen, auf einmal von der Wand ab. Jedenfalls erschien es so. Es klang, als würde etwas sehr Großes herunterfallen. Ich weiß bis jetzt nicht, wie sie das Geräusch erzeugt haben. Ich weiß auch nicht, wo die dritte Figur die ganze Zeit gesteckt haben mochte, die nun auftauchte. Auf einmal stand sie zwischen der gerüsteten Kosboth und dem kahlen Drosten.

»Amor«, flüsterte man sich zu.

Verstohlen musterte ich im Halbdunkel den Stuck an den Wänden ringsum. Nein, dort war bestimmt keine Figur abgefallen. Schon gar nicht herabgestiegen. Auch der Engel mit dem Bogen seitlich über dem Kamin war noch da.

So war ich abgelenkt und achtete nicht gleich darauf, wer den Amor gab. Dann endlich sah ich es – und erstarrte.

Es war nicht der Staubwedel, der sonst die Rolle zu spielen pflegt. Der Amor zog lauter Pfeile auf und schoss sie auf Zeus ab. Zeus krampfte seine Hände vor dem Herzen zusammen. Als er sie wieder öffnete, erhob sich im Saal ein Ton des Erschreckens. Die Stelle war jetzt rot. Und das Rot dehnte sich immer weiter aus. Ein Bild, das einigen aus der Gesellschaft seit Pfeils Mirower Ankunft nur zu vertraut geworden war.

»Das wird doch kein echtes Blut sein? Hilfe!«

»Unsinn, Theaterblut.«

»Das erinnert uns an jenen Reisenden von neulich, der das Messer im Herzen hatte.«

»Ja, geschmacklos, auf so etwas anzuspielen.«

»Was Durchlaucht wohl dazu sagt?«

»Durchlaucht wird davon gewusst haben. Seht nur, die Herzogin lächelt sogar.«

»Er müsste umfallen, unser Drost, wenn er wirklich getroffen wäre.«

»Ja, er wäre längst tot.« Das war Leithäusers nuschelnde Pastorenstimme.

Aber von Raden fiel nicht um. Im Gegenteil, er wurde erst so richtig lebendig. Er tat, als hätten Amors Pfeile ihren Zweck erfüllt. Das dürfte ihm nicht schwergefallen sein. Er drehte sich zu seiner Kosboth um, fiel vor ihr auf die Knie und umarmte ihre Taille. Und sie? Riss sich, verzückt zur Decke blickend, ihren Panzer mit beiden Händen auf, so dass wir ihr Festkleid darunter zu sehen bekamen, das ihren Busen prächtig in Szene setzte. Dann hob sie den Drosten zu sich empor. Und dann – küsste sie ihm die prachtvoll kahle und schwarze Stirn, so dass ihre Nase für den Rest des Abends einen kleinen schwarzen Fleck präsentierte.

Wer hat je so viel Beifall erhalten wie dieses merkwürdige Paar? Obgleich die Geschichte für meinen Geschmack doch etwas zu frei mit der olympischen Vorgabe umgegangen war. Sei's drum. Es gab mehrere Vorhänge, wenn ich so sagen darf.

Mir war derweil sogar sein Name eingefallen. Ferdinand. Der sommersprossige Junge aus Buchholz, unser Zeuge, hatte den Amor gespielt. Man hatte ihm das Gesicht mit Schminke voll gekleistert, aber die Sommersprossen leuchteten immer noch durch.

»Der war noch der Beste«, wisperte es in meiner Nähe.

»Durchlaucht sollte ihn an ein Theater geben.«

»Wer ist das überhaupt?«

Mittlerweile waren Zeus, Athene und Amor verschwunden. Sie mussten wieder in den Kamin geklettert sein. Keiner hatte es so recht bemerkt, weil die Diener umherliefen, um wieder alle Kerzen anzuzünden. Viel später und notdürftig gereinigt mischten sich der Drost und die Kosboth unter die Gesellschaft. Arm in Arm! Auch ich beglückwünschte sie natürlich zu ihrem göttlichen Auftritt.

»Ihr seid eine wunderbare Hexe«, sagte ich zur Kosboth. Sie lächelte kalt und zog dabei ihr schwarzes Näschen kraus.

Der Drost aber konnte selbst im Augenblick seines Triumphes nur sein starkes Kinn in die Halskrause betten und brummen: »Danke, dass Ihr mir den Geheimgang entdeckt habt, Fräulein. Nun ist er allerdings nicht mehr geheim. Ich zeige ihn Euch gern. Man kommt bis in den Kamin, stellt Euch vor. Habt Ihr morgen Zeit? Aber zieht nicht Eure besten Sachen an. Vielleicht habt Ihr noch einen alten grünen Mantel.«

Ich glaubte mich verhört zu haben. Ehe ich zu einer Antwort ansetzen konnte, war von Raden schon weitergegangen. Eben winkte ihn Durchlaucht mit ihrem Tüchlein zu sich. Der Junge indes, unser lesehungriger Ferdinand, blieb verschwunden. Ich fand keine Gelegenheit mehr, nach ihm zu fragen. Denn ich wurde abgelenkt. Eine wohlbekannte Stimme fragte leise direkt in mein linkes Ohr hinein:

»Nun, hat es Euch gefallen, Gnädigste?«

Bis Mitternacht konnte es nicht mehr lange dauern. Zwei Hände legten sich auf meine Hüften. Und mein Nacken wurde von Plüschows Lippen berührt.

»Wie zart Ihr seid.«

»Was Euch einfällt, Graf.«

Plüschow trat, ohne mich dabei loszulassen, hinter meinem Rücken hervor und vor mich hin. Als wäre nichts geschehen, stand er da. In einem gewagten bunten Aufzug, den ich ihm nicht zugetraut hätte und der bestimmt weder in Schwerin noch in Strelitz geschneidert worden war.

»Meine schöne Demoiselle. Passt Ihr auch gut auf? Die Prinzessin immer im Auge? Aber ich sehe das Prinzesschen gar nicht. Wo ist es denn? Wo ist es nur? Kuckuck, Kuckuck?«

»Plüschow, seid nicht albern. Ich habe Euch so vermisst.«

»Nein, wirklich?« Er benahm sich wie ein Gockel, fand ich. Und er sah auch genauso aus.

»Mir scheint, die paar Tage im Gefängnis haben auf Euch wie ein Jungbrunnen gewirkt.«

»Eher würde ich sagen: Ich bin wie eine unserer mecklenburgischen Weiden. Nicht totzukriegen. Selbst dann nicht, wenn man sie köpft.« Er gluckste vor sich hin.

»Ich kann nicht finden«, erwiderte ich und machte vor ihm einen Knicks, »dass man Euren Kopf vom Rumpf getrennt hätte.«

»Nun, die Gefahr bestand durchaus. Aber lassen wir das. Ich darf bitten.« Eben hatte die Hofkapelle wieder eingesetzt. Wir reihten uns unter die Tanzenden.

»Wie ist es Euch ergangen?«, fragte ich. Dann trennte uns der Tanz. Er tanzte mit der Leichtigkeit eines bleiernen Vogels.

»Man hat mich gut behandelt. Es war ein Verlies mit vergoldeten Gittern, sozusagen, aber natürlich nur sozusagen«, antwortete Plüschow, als wir wieder aufeinandertrafen.

»Zu gern würde ich wissen, wer mich in dieses Verlies gebracht hat«, setzte er nach der nächsten Runde hinzu, ohne dass mir Zeit für eine Antwort blieb.

Beim nächsten Treffen dann: »Aber ich weiß es, Madame.«

Und dann: »Wollt Ihr es wissen?« Ich nickte, erhielt die Antwort aber erst beim letzten Reigen: »Das wart Ihr.«

Der Tanz ging zu Ende. Plüschow lächelte mir zu, küsste meine Hand und hielt dann auf die Prinzessin zu, die eben durch die Tür hereinschwebte. Ich sah, wie ihr ohnehin gerötetes Gesicht noch mehr aufleuchtete. Er sprach ein paar Worte mit ihr und wackelte bei der Verbeugung zu ihrer Freude mit den Ohren. Vielleicht wäre ich noch eifersüchtig geworden, hätte nicht Pastor Leithäuser eben jetzt laut in die Hände geklatscht. Gleich Mitternacht. Er bat die Gäste vor das Schloss, um im Freien das Feuerwerk vor der Kulisse von Schloss und See zu bewundern. Unter Oh und Ah drängte alles hinaus.

Um es gleich zu sagen: Es wurde ein jämmerliches Feuerwerk. Ausgerechnet jetzt – von der Johanniterkirche schlug es die zwölfte Stunde – setzte der Regen ein.

Was ein Feuerwerk sein sollte, piffte und paffte ein wenig vor sich hin. Was strahlend den Himmel berühren sollte, als wäre es das Sternenzelt selbst, verzischte in kleinen Nebelwölkchen und verbreitete Schwefelgestank. Als hätten in der Walpurgisnacht tatsächlich ein paar Hexen in Mirow vorbeigeschaut und den Teufel gleich mitgebracht.

»Das kriegen wir bei uns aber besser hin«, rief der Schwedter Gesandte und zeigte ein angewidertes Gesicht.

Nur die drei Donnerschläge zum Schluss wie drei Ausrufezeichen krachten wirklich mit langem Echo über den Mirower See hinweg. Jeder beantwortet von den Inselkrähen, die noch immer erbittert darüber schienen, dass man ihre Nachtruhe derart störte.

Mir jedoch kamen die drei Donnerschläge gerade recht. Beim ersten durchzuckte mich, angeregt von Leithäusers Predigt über das Wasser neulich, eine Idee. Beim zweiten fasste ich einen Entschluss. Beim dritten Donner führte ich denselben aus.

Für den wie zufällig neben mir auf dem Steg stehenden Plüschow kam der Angriff so unerwartet, dass er keinen Ton von sich gab. Wie ein Stock, wie ein Brett fiel er über das Geländer. Ich hatte mich nur gebückt und mit aller Kraft seine aus Überraschung widerstandslosen Beine angehoben. Es dauerte nur ein, zwei Sekunden, bis der ganze Mann, der sich entspannt an das Geländer gelehnt hatte, das Gleichgewicht verlor. Ich hörte im letzten Donnerschlag das Klatschen, als Plüschow auf dem Wasser aufschlug.

Danach hörte ich nichts mehr. Ich putzte mir die eine Hand an der anderen ab und verließ den Steg. Dabei pfiff ich vor mich hin.

Ich muss hier etwas gestehen, was ich selbstverständlich allein Euch, Graf, sage: Entgegen aller Warnungen der Herzogin hatte ich gerade die Prinzessin aus den Augen verloren. Ich war nicht schuld daran. Schuld war allein Plüschow.

Als die Gesellschaft hinausgetreten war, um das Feuerwerk zu sehen, hatte ich das Lotchen noch im Blick gehabt. Wir waren gemeinsam zum See hinuntergeschlendert. Sie vorweg, ich hinterher. Irgendwo auf dem Weg zum Ufer stand ein einsamer Busch.

Als ich daran vorüberging, entwuchsen ihm zwei Hände, die mich umklammerten wie vorhin schon im Saal. Es waren auch dieselben Hände. Der mecklenburgische Gesandte schien solche Art der Berührung zu lieben. Schon stand er wieder dicht hinter mir. Die Prinzessin indes hatte die Attacke gar nicht bemerkt. Sie schritt inmitten der plaudernden Gesellschaft weiter. Schon konnte ich sie in der Dunkelheit nicht mehr sehen. Ich spürte Plüschows Mund dicht an meinem Ohr.

»Du tanzt wunderbar.«

»Lasst mich los, Graf.« Ich wurde nicht einmal laut. Ich sprach, als würden wir uns freundlich unterhalten. Bloß kein Aufsehen erregen, dachte ich bei mir. Jetzt, wo alles zu Ende gehen soll.

»Oh, wir sind wieder förmlich, Madame?«

»Schon wieder seid Ihr albern, Plüschow.«

»Schon recht, schauen wir uns das Feuerwerk an. Auf denn, schöne Hexe. Auf zur Walpurgisfahrt. Lass mich dein Besen sein.«

Er griff mich grob am Arm. So führte er mich hinunter zum Steg. Es war nur ein kurzes Stück. Und für die anderen muss es ausgesehen haben, als seien wir wie auf einem Watteau'schen Gemälde ein Paar, das ineinandergehakt durch den Garten wandelt – auf der Suche nach einem Busch, der es beim Liebesspiel verbergen könnte.

»Und du hast mich wirklich vermisst?«

»Weshalb hat Euch der Drost verhaften lassen?«

»Weil du es wolltest, meine Schöne.«

»Sagt mir die Wahrheit. Habt Ihr Euch in Buchholz tatsächlich des Mannes entledigt, der immer vor Euch der Pfeil in seinem Ziel war?«

Plüschow grinste: »Scheiße mit Zwiebeln, was? Du weißt es doch besser.«

Seinen Fuß stieß er mehrere Male schmerzhaft gegen mein Bein. Wie neulich die Kosboth, nur ohne Sporen. Sein Gesicht aber lächelte nach allen Seiten der Hofgesellschaft hin. Seine Segelohren wackelten, wenn er sich leicht hierhin und dorthin verbeugte.

Mit dem war ich ins Gras gefallen? Ich konnte es selber nicht fassen. Dieser Frühling, dieses Fühlen des Frühlings. Das muss es gewesen sein, nichts anderes. Man wird schwach, kaum steigt endlich einmal nach langem Warten die Sonne hoch ans Firmament. Und schon bereut man es wieder. Warum hatte ich nur seine Feder vom Hut gefegt und nicht gleich den ganzen Kopf vom Rumpf, wie es einst der sächsische König, dieser starke August, mit seinem Pferd gemacht haben soll, wenn auch mit dem Schwert?

Als wir da so standen, an das Geländer des Stegs gelehnt, und der erste Donnerschlag losging, dachte ich noch kurz darüber nach, ob ich Plüschow auf der Weiber Weise vernichten sollte. Ihn in beiläufigem Ton wissen lassen, was für ein lausiger Liebhaber er doch sei. Aber ich verkniff es mir. Es stimmte nämlich nicht. Ehrlich gesagt, mir hatten seine Künste unter der Kastanie mit den aufgesteckten

Kerzen am Baum und der aufgesteckten Kerze an einem überaus gut gebauten Körper gefallen. Aber das sollte eine Frau einem Mann schon gar nicht sagen. Es nähme ihr den letzten Rest von Ehre und ihm den letzten Rest von Vernunft, so er überhaupt Vernunft besitzt.

Ich wählte lieber die zweite Möglichkeit, mich seiner zu entledigen, indem ich an Leithäusers Predigt zu Ostern über das Wasser dachte. Das Wasser der Taufe und die Fluten der Überschwemmung. Gut und Böse, Leben und Tod. Die Sintflut, die nicht ewig dauerte. Ein rettender Noah würde hier in Mirow bestimmt nicht auftauchen. Und selbst wenn, man sähe in ihm bestimmt nicht den Retter, sondern einen albernen Vogel, den man besser verscheucht. Wie Plüschow ein alberner Vogel war, nichts weiter. Soll er, dachte ich in der für meinen handfesten Entschluss gebotenen Kürze, doch mit den Mirower Wassernixen glücklich werden. Die gönnte ich ihm.

Also schickte ich ihn in deren feuchtfröhliche Welt. Der Mirower See hat hoffentlich ein paar nette Nixen. Plüschows plötzlichem Abgang folgte eine kleine Fontäne, deren Gischt zu meinem Ärger den Saum meines Kleides nässte. Ehrlich gesagt, ich wollte seinen Tod nicht, Graf. Ich wollte meinen verflossenen Liebhaber nur etwas abkühlen. Ich wollte ihn forthaben, damit er unsere Flucht nicht störte, Lotchens und meine. Ich habe daran doch wohl getan, nicht wahr, Graf?

Aber er ist nicht mehr aufgetaucht. Der See wird eine gedunsene Leiche ausspucken, wenn wir längst über alle

Berge sind, die Prinzessin und ich … Oh, da bin ich wohl doch noch eingeschlummert. Es ist soweit, Graf. Ich will die letzten Sachen verschnüren. Die Pferde stehen bereit.

Als ich vorhin nach dem Fest in mein Zimmer zurückkehrte, betrat auch die Prinzessin, noch ganz erhitzt vom Tanzen, gerade das Untere Schloss. Ich mahnte sie ein letztes Mal eindringlich. So erfüllte ich meinen herzoglichen Auftrag doch noch, das Mädchen nicht aus den Augen zu lassen. Wenn auch ganz anders, als Durchlaucht sich das gedacht haben mochte. Das Lotchen hatte sich gut gehalten an diesem Abend, und artig ging es nun ins Bett. Es sah mich, wie soll ich sagen, voller Vertrauen aus seinen großen Augen an. Das erfüllte mich mit Zuversicht.

Was wird das Lotchen heute Nacht geträumt haben?

Jetzt sehe ich schon einen hellen Schimmer am Horizont. Es tagt, mein Freund. Wird die Prinzessin kommen? Kommt sie nicht, Graf, hole ich sie mir. Ich bin zu allem entschlossen. Pistole und Dolch habe ich unter meinem Reisekleid verborgen. Man sollte nicht unbewaffnet Abschied von den Mirokesen nehmen.

Abschied, endlich. – Aber halt, ich höre ihre Schritte. Ein wenig zu früh, eigentlich. So will ich rasch enden, Graf. Tinte, Feder und Papier noch schnell einpacken. Die Prinzessin wird wie ich nicht schlafen können. Sie ist zwar ein Trampel. Aber jetzt klingt ihr Schritt garstiger als sonst. Als würde sie humpeln. Sie wird doch nicht beim Tanzen mit dem Fuß umgeknickt sein. Eine verspätete Hexe aus der Walpurgisnacht. Verdammt, wie die Herzogin an dieser Stelle …

Der Adler fliegt durch den Gartensaal

Mirow, Sonntag, 3. Mai 1761

»Sie ist zwar ein Trampel. Aber jetzt klingt ihr Schritt garstiger als sonst. Als würde sie humpeln. Sie wird doch nicht beim Tanzen mit dem Fuß umgeknickt sein. Eine verspätete Hexe aus der Walpurgisnacht. Verdammt, wie die Herzogin an dieser Stelle …«

Wilhelm von Raden verstummte. Ruhig legte er das letzte Blatt von rechts nach links. Dann schloss er die Mappe aus Rindsleder auf seinem Schoß. Es klang wie ein leises Schmatzen. Niemand sprach. Nur Plüschow unterbrach einmal die Stille, indem er ein riesiges kariertes Tuch aus seinen Beinkleidern hervorzog und hineinschnaubte. Sein unfreiwilliges Bad im noch zu kalten See hatte ihm einen tüchtigen Schnupfen als Andenken hinterlassen.

Es war die Zeit, da die Hofgesellschaft ihren Tee zu nehmen pflegte. Jeden Augenblick konnte einer der Bediensteten hereinkommen, um zu fragen, wo serviert werden solle. Im Gartensaal, wo man bereits saß, oder doch auf der Terrasse? Draußen im sonnigen Garten sang eine Amsel. Sie mochte schon eine ganze Weile dort gesungen haben.

Aber erst jetzt, als der Drost geendet hatte, lauschte ihr die Hofgesellschaft.

Die auf den Tod kranke Herzogin hielt die Augen geschlossen. Die Prinzessin hielt die ihren hingegen weit offen. Neugierig sah sie von einem zum anderen. Die Rauchbar brachte verstohlen etwas Luft auf. Die Kosboth versuchte ernst zu blicken. Dabei schnurrte sie innerlich. War doch ihr Geliebter der Held des Tages. Die Grabow saß stocksteif und blickte unverwandt zur Decke. Pastor Leithäuser neben ihr war davon so verwirrt, dass sein Blick schließlich dem ihren folgte. Er staunte. Auf einmal wusste er, weshalb die Herzogin für die Enthüllungen des Drosten in den Gartensaal gebeten hatte.

Es war nicht wegen des herrlichen Wetters, nicht wegen der Frühlingsluft, die durch die etwas geöffnete Terrassentür hereinwehte. Es war der Stuck an der Decke. Dort, genau in der Mitte, ergriff der Adler im Flug die Schlange.

Das will uns sagen, dachte Leithäuser bei sich, noch immer siegt das Gute über das Böse. Die Wahrheit über die Lüge. Die Standhaftigkeit über die Verführung. Auch wenn wir schon lange nicht mehr daran glauben. Der Pastor fühlte sich davon ungemein getröstet. Was für eine schöne Stuckarbeit! Nicht so überladen wie im Festsaal. Aber auch nicht so heiter, dachte er. Dafür geistreicher. Oh ja, eine rechte Freude für einen so aufgeklärten Geist, wie es der Mirower Pastor war.

Die Herzogin öffnete die Augen und richtete sie durch eine leichte Drehung des Kopfes auf Wilhelm von Raden.

»Verdammt«, sagte sie. Wieder Schweigen. Dann, mit leiser Stimme, nach jedem ihrer kurzen Sätze um Atem ringend, bat sie: »Fahrt fort, Drost. Erklärt, was Ihr da vorgelesen habt. Sagt allen, was Ihr mich freundlicherweise schon wissen ließet. Schon seit unserem schönen Fest. Denn Ihr habt Wort gehalten, mein Lieber.« Das »Mein Lieber« sollte noch Tage später die Runde in der Hofgesellschaft machen.

Trotz des freundlichen Tages war im Kamin ein Feuer entzündet worden. Anders als im Festsaal gab es im Gartensaal nur einen Kamin, auf der Südseite. Ihm gegenüber hatte die Herzogin, weil sie sich vor dem rauen Nordwind fürchtete, nur die Attrappe eines Kamins einbauen lassen. Die Herzogin konnte nicht genug Wärme bekommen, so fröstelte sie. Die Hofgesellschaft indes seufzte unter der Hitze. Mancher bei Hof glaubte, es gehe der Herzogin schon derart schlecht, dass allein noch die Sorge um die Zukunft ihrer jüngsten Tochter sie am Leben hielte.

»Das Humpeln auf dem Flur, das war ich«, sagte von Raden. »Ich wollte eigentlich nur leise auftreten, aber meine schmerzende Hüfte … Ich habe mich dann in einer Nische des Flures verborgen. Ich sah die Gagern, wie sie verwirrt aus ihrem Zimmer trat, sich kurz besann, weil niemand im Flur zu sehen war, obwohl sie doch etwas gehört haben musste, und dann an der Nachbartür, wo Frau von Rauchbar schlief, lauschte. Aber auch da war nichts zu hören. Also schlich sie weiter zum Zimmer der Prinzessin. Lotchen war eingeweiht. Es hat sich tapfer gehalten.« Der Drost verbeugte sich in Richtung der Prinzessin. »Wir alle können wohl nachempfinden, wie es ist, wenn die Gagern auf einmal mit gezückter Pistole vor unserem Bett steht. Aber da, als ich nun endgültig Gewissheit über die Gagern hatte, war ich schon hinter ihr, und ihre Pistole erwies sich als nicht geladen.« Der Drost unterbrach sich, weil Plüschow in sein Tuch trompetete. Dann fuhr er fort: »Fräulein von Gagern wurde inzwischen in das Gefängnis von Strelitz verbracht. Ich klage sie des Mordes an sowie des versuchten Mordes und der versuchten Entführung.«

Auch diese ungeheuerliche Nachricht wurde von der Gesellschaft schweigend aufgenommen. Elisabeth Albertine forderte von Raden mit einer matten Handbewegung auf fortzufahren.

»Mir hätte von Anfang an auffallen können, dass die Gagern sich mir geradezu aufdrängte, kaum dass der furchtbare Mord am Gesandten Hannovers geschehen war. Sie wollte teilhaben an allem, was ich tat, um das Verbrechen aufzuklären. Denn es ging ihr gerade darum, mich davon abzuhalten, das Verbrechen aufzuklären. Aber ich blieb zunächst ohne Verdacht. Wer rechnet schon mit einer solchen Unverfrorenheit. Dass die Täterin so tut, als würde sie zu denen gehören, die den Fall aufklären. Freilich: Konnte es eine bessere Tarnung geben? Ja, ich war ohne Arg, obwohl ich schon viel im Leben gesehen habe, vor allem bei den Preußen.«

»Und sie kam aus Preußen«, warf die Herzogin ein.

»Das wusste ich natürlich. Ich wusste es wie alle hier am Hof. Ich war so ohne Arg, dass ich ihr den einen oder anderen Auftrag erteilte. So gelang es ihr, überall Verdacht zu streuen, erst auf den Gesandten von Schwerin« – Raden verbeugte sich in Richtung Plüschows, der zur Antwort mächtig nieste – »dann auf unsere Frau von Rauchbar mit ihrem grünen Mantel und unsere Frau von Grabow wegen ihrer Schwester« – Verbeugung in Richtung der beiden Damen – »und zuletzt sogar auf unseren ehrwürdigen Pastor.« Leithäuser gegenüber beließ es der Drost bei einem kurzen Nicken.

Zur Antwort nuschelte Leithäuser: »Und dann gab es noch den fahnenflüchtigen Soldaten, von dem sie selbst nichts wusste und der ihr gerade recht kam, um auch auf ihn Verdacht zu lenken.«

»Nachdem die hannoversche Gefahr beseitigt war, konnte sich die Gagern ihrem Lieblingsspiel widmen: Durch immer neue Verdächtigungen all jene unmöglich machen, die sich um eine angemessene Zukunft unserer Prinzessin« – abermals Verbeugung in Richtung von Sophie Charlotte, die darüber mit ihrem großen Mund breit lächeln musste – »bemühten. Ein perfides Spiel, fürwahr. Ein Spiel in preußischem Auftrag.«

An dieser Stelle ging dann doch einmal ein kurzes Geraune durch die kleine Hofgesellschaft. Nur die Rauchbar wurde laut und rief in bellendem Ton aus: »Wollt Ihr uns, Drost, sagen, die Gagern sei so etwas wie ein preußischer Spion?«

»So ist es, Gnädige. Ihr Auftrag war klar: Eine Partie der Prinzessin zu verhindern, die unserem verehrten Haus« – wieder eine Verbeugung zur Herzogin hin, die, wohl vor Anteilnahme, so heftig ausfiel, dass dem Drosten die Perücke weit in die Stirn rutschte – »besonderes Glück und besonderen Segen bringen sollte. Als sie erfuhr, Hannover wolle mit Blick auf den britischen Thron vermitteln, schritt sie zum Äußersten. Auch wenn der Mord an von Pfeil nicht ihr erster war. Vermutlich hat sie seinerzeit schon Baron von Nemitz in Dresden vergiftet. Damals, kurz bevor die Preußen ins Sächsische einmarschierten und jener Krieg begann, dessen Ende mir nicht in Sicht scheint. Es sei denn« – Verbeugung zu Sophie Charlotte – »unserer Prinzessin gelingt es womöglich, auf dem künftigen Thron friedensstiftend zu wirken.«

Sophie Charlotte lächelte stolz. Die Grabow aber hatte nach den Eröffnungen des Drosten offenbar mit einer Ohnmacht zu kämpfen. Sie wedelte sich mit dem Fächer Luft zu. Zu ihrem Glück wurde von Philipp eben der Tee gereicht, ohne die Frage Saal oder Terrasse überhaupt aufzuwerfen. Die Grabow nahm einen ungebührlich kräftigen Schluck. Später hieß es unter den Damen, man habe gar ein Schlürfen gehört. Endlich war sie so gestärkt, dass sie fragen konnte: »Wie habt Ihr das herausgefunden, Drost?«

»Ich hätte eher darauf kommen können, als ich darauf gekommen bin. Mit der Zeit wuchs bei mir ein unbestimmter Verdacht. Man schaut in eine bestimmte Richtung, und dies mit umso mehr Beharrlichkeit, als man sich seiner selbst nicht sicher ist. Und plötzlich, wenn man es am wenigsten erwartet, sprechen die Dinge selbst. Das Geschehen ergreift das Kommando. Ja. Und man muss sich eingestehen, darauf nicht vorbereitet gewesen zu sein …«

»Raden«, knurrte die Herzogin, »zur Sache.«

»Oh, Verzeihung, Fürstin. Ich musste eben an einen Freund denken, der es einmal so gesagt hat. Jener Freund fügte hinzu: ›In solchen Fällen gilt es, eine oder mehrere üble Stunden durchzustehen. Man nimmt sich ins Verhör …‹«

»Wann waren Eure üblen Stunden?«, schnurrte die Kosboth glücklich. Sie kannte schließlich die Antwort.

»Als mein Haus angezündet wurde. Wenn man so will, hat sich die Gagern erst durch diese Tat verraten. Plüschow war schon in Haft. Sie hätte nur noch abwarten müssen, bis er schuldig gesprochen war. Aber sie wollte mich aus dem Weg haben. Sie wollte sich beweisen, wie großartig sie ist.«

Wie zur Antwort flammte in diesem Augenblick eines der großen Scheite im Kamin auf. Es sprühte Funken, und laut knackte das Holz.

»Sie ist aber doch großartig, lieber Drost, wirklich«, nahm Plüschow mit näselnder Stimme das Wort. »Sie sitzt sicher zu Pferde, auch im Galopp. Und sie schießt gut. Sie hat mir mit ihrer Pistole eine Feder vom Kopf geholt.«

»Und Euch ins Gras gestoßen«, warf von Raden ein.

Plüschow fuhr zusammen.

»Bitte nichts mehr davon. Ihr habt uns beobachtet, nicht wahr?«

Der Drost machte eine unbestimmte Handbewegung.

»Und wie ich sie einmal an diesem Gewitterabflussding …«, fuhr der Gesandte fort.

»Blitzableiter«, kam ihm die Prinzessin zur Hilfe.

»Einem Blitzableiter – ergebensten Dank, Durchlaucht. Wie ich sie also am Blitzableiter des Torhauses sah, wie sie da hinaufgeklettert war – sie macht einfach in jeder Lage eine gute Figur. Oh, ja.«

Da ließ sich Pastor Leithäuser vernehmen: »Mit ihr ließ sich trefflich über den Glauben streiten. Ich tat es gern. Gottes Sohn habe nur seine von Gott auferlegte Pflicht erfüllt, sagte sie. Auch am Kreuz. Mir gefiel das gar nicht. Ich halte auch nichts von den Preußen, die so denken. Abscheulich denken, wenn Durchlaucht mir diese Bemerkung erlauben. Denn Glaube, wie ich ihn predige, ist vor allem Fröhlichkeit und Hoffnung. Frömmigkeit ist Freude am Leben. Auch dann, wenn Gott uns prüft. Nein, ich korrigiere mich: gerade dann.«

»Pastor«, mahnte die Herzogin, »spart Euch das für nächsten Sonntag auf.«

»Als wir Radens Haus löschten, trug sie den vollen Wassereimer so leicht, als wäre es ihr Fächer«, sagte der Hofmohr, der ungebeten im Saal geblieben war. »Und zuvor hatte sie es angezündet? Wirklich?«

Die Kosboth bemerkte lächelnd: »Wird sie trotz all ihrer Kräfte dann doch einmal in die Flucht geschlagen, wie es mir gelang, läuft sie geschickt wie der Hase davon, als würde sie Haken schlagen.«

»Uns erschien sie so mitfühlend, als wir uns ihr im Gewitterzimmer offenbarten«, bellte die Rauchbar. Die Grabow beließ es dabei, heftig zu nicken, um die Worte zu bestätigen.

»Auf ihren Unterricht habe ich mich immer gefreut. Ich vertraute ihr«, flüsterte Sophie Charlotte.

Auch der Drost fühlte sich angeregt, etwas Freundliches über die Gagern zu sagen: »Reizende Briefe hat sie geschrieben, wie wir hörten. Guter Stil, nicht wahr? Sie dürfte dem Grafen von Lehndorff an seinem Bureau Plat alles in allem eine beständige Freude gewesen sein.«

»Wahrscheinlich kommt jetzt noch jemand und erzählt uns, was für eine großartige Liebhaberin sie sei«, grummelte die Herzogin. Alle Blicke schnellten wie Pfeile auf Plüschow. Der schniefte in sein Sacktuch. So konnte er sein Gesicht verbergen. Aber unter uns: Es war feuerrot.

»Genug jetzt«, fuhr Durchlaucht fort. »Genug der Lobeshymnen auf eine Verbrecherin. Was fällt Euch eigentlich ein, vor mir so zu sprechen. Drost, sagt uns lieber, woher die Gagern wissen konnte, dass der hannoversche Gesandte im Gasthof von Buchholz abgestiegen war.«

»Das werden wir vielleicht niemals sicher herausbekommen. Aber ich habe eine Vermutung.«

»Heraus damit.«

»Der preußische Hof wird ihr den Hinweis gegeben haben. Der preußische Hof in Gestalt des Grafen Lehndorff.«

»Und wie konnte sie derart rasch nach Buchholz gelangen und zurück? Ohne dass sie jemand in Mirow vermisst hat?«

»Unser hochverehrter Graf von Plüschow hat uns die Antwort darauf schon gegeben, Durchlaucht. Die Gagern reitet vorzüglich.«

»Außerdem hat sie an jenem Tag, als die Untat geschah, meinen Unterricht ausfallen lassen«, nahm die Prinzessin das Wort, immer noch sehr leise sprechend. »Aber ich bin nicht darauf gekommen, dass es da einen Zusammenhang gab.«

»Und sie erschien zu spät und außer Atem zu unserer Stickstunde«, flüsterte die Kosboth.

»Aha. Und woher habt Ihr, Drost, die Briefe dieser Dame, deren Name mir schon entfallen ist?«, fragte die Herzogin weiter.

Von Raden verbeugte sich abermals. »Nun, Fürstin, die Gagern hat noch eine löbliche Eigenschaft, auch wenn Ihr zu ihrem Lob nichts mehr hören wollt. Ihren Ordnungssinn. Sie hat Abschriften fast aller Briefe gemacht und in der ledernen Mappe gesammelt, die ich hier in der Hand halte.«

»Das geht auf keine Kuhhaut«, grunzte Leithäuser.

Der Drost aber fuhr fort: »Vermutlich hat Graf Lehndorff ihr auch geantwortet. Seine Schreiben freilich hat sie wohlweislich vernichtet. Vermutlich hat sie die Briefe im Kamin verbrannt. Jedenfalls habe ich keine gefunden. Ihre beiden letzten Briefe allerdings hat sie nicht mehr kopiert. Sie wusste natürlich, wie sehr sie in Verdacht geraten musste, wenn jemand ihre Pläne mit der Prinzessin entdeckte.«

»Und wo habt Ihr die her?«, fragte Plüschow.

Der Drost zuckte mit der Augenbraue, bevor er antwortete: »Das schöne preußische Fräulein hielt viel von unserem Postboten, dem mit dem steifen Hut. Dem pflegte sie ihre Briefe persönlich anzuvertrauen. Sie gab sie ihm hoch auf seinen Bock. Aber wisst Ihr auch, weshalb der Hut so hoch und steif ist?«

»Warum?«, fragte Plüschow.

»Damit es sich lohnt, wenn er abgenommen wird. Der Postbote nannte sie übrigens Demoiselle Gaga.«

»Wie meinen?«

»Nun, Plüschow, seid nicht so begriffsstutzig. Ihr seid doch ein Mann von Geist, auch wenn Euer Kopf, wo man den Sitz des Geistes vermuten sollte, derzeit allein aus einer großen Schniefnase zu bestehen scheint. Der Mann mit dem steifen Hut war schnell überzeugt, dem Drosten die Briefe der Gagern auszuhändigen, als er ein paar Geldstücke in seinen Hut fallen hörte«, rief die Herzogin ungehalten.

Plüschow nieste.

»Demoiselle Gaga«, gluckste die Prinzessin.

»Nein! Aber dann hat ihr Graf doch keine Post mehr bekommen?«, bellte die Rauchbar.

»Er hat ja auch nicht mehr geantwortet. Sie beklagte sich über die ausbleibenden Antworten. Das habt Ihr gehört. Nur einmal hat er ihr noch ein paar Zeilen zukommen lassen. Sie wurden ihr unter der Tür durchgeschoben. Und die waren nicht von ihm …« – hier machte der Drost eine wohlgesetzte Pause – »… sondern von mir. Und von mir persönlich überbracht, als die Gagern bei Durchlaucht beim Sticken saß.«

»Aber weshalb habt Ihr sie nicht gleich festsetzen lassen, wenn Ihr mitgelesen habt, was sie so trieb?« In der Stimme der Rauchbar lag geballte Empörung.

Da schaltete sich abermals die Herzogin ein: »Als wir von ihren Machenschaften wussten, bestand ja keine Gefahr mehr. Wir haben die Dame, deren Namen mir zum Glück schon entfallen ist, beobachtet. Wir haben auf Beweise gewartet. Das Recht fordert von uns Beweise. Ohne Beweise kein Urteil.«

»Keine Gefahr mehr? Fürstin, ich bitte Euch. Demoiselle Gaga hätte mich beinahe umgebracht«, schniefte Plüschow.

»Dass Ihr Euch das aber auch habt gefallen lassen. Das Bad, meine ich.« Die Herzogin genoss den verblüfften Blick des mecklenburgischen Gesandten. Ein Lächeln huschte über ihr graues Gesicht. Sie dachte wohl, was sie oft schon gedacht hatte: Dass die nichts taugen aus dem großmäuligen Schwerin. »Ihr findet sie doch so großartig, Graf.«

Bernhard von Plüschow schwieg betreten und hustete zur Abwechslung.

Die Herzogin wandte sich noch einmal an den Drosten: »Ihr seid Euch sicher, dass sie die Ölkanne hingestellt und Euer Haus angezündet hat?«

»Sie war es, ganz ohne Zweifel. Es war der Mantel, den sie unserer hochverehrten Frau von Rauchbar« – Verneigung in deren Richtung – »gestohlen hatte. Und außerdem:

Weshalb war sie so rasch an meinem Haus, als die Glocken Alarm schlugen? Noch dazu vollständig bekleidet? Als ich sie dort sah, wusste ich auf einmal, dass die Verhaftung unseres verehrten Grafen von Plüschow ein Irrtum gewesen war.«

»Eine Unverfrorenheit, mir meinen grünen Mantel zu stehlen.« Die Rauchbar hatte sich in ihrem Stuhl hoch aufgerichtet. Sie lehnte sich aber wieder zurück, als sie leiser hinzusetzte: »Nun, ich will zugeben, er war schon etwas aus der Mode. Wie peinlich, dass er trotzdem noch einmal getragen wurde. Das zeigt übrigens, dass die Gagern keinen Stil hat.«

»Aber sie hat ihn schließlich verbrannt, was wiederum für sie spricht«, warf die Kosboth ein. Sie machte dazu doch tatsächlich ein todernstes Gesicht. Denn es war so, dass die Liebe des Drosten in ihr einen fast schon vergessenen Zug wiedererweckt hatte: ihren Humor.

»Dennoch peinlich, dass wir von dem Stück noch immer reden. Bitte, vergessen wir es schnell«, setzte die Rauchbar hinzu. Ihr nämlich fehlte es leider an Humor. Vermutlich aus Mangel an Liebe.

»Sie hat mir das Frühlingsfest mit ihren dauernden Ermahnungen verdorben«, rief die Prinzessin.

»Ich wusste von Anfang an, was für eine intrigante Person sie ist«, meinte die Rauchbar. »Sie hat mich, sie hat uns alle hier verachtet.«

»Und ob ich schon wandert im finstern Tal, fürchte ich kein Unglück«, zitierte die Grabow sich selbst. Es war natürlich eine Zeile aus den Betrachtungen über die Psalme Davids, die bei Pfeils Tod ungeahnt zum Mordinstrument geworden waren.

»Gottes Wege sind eben doch zu ergründen«, nuschelte Pastor Leithäuser.

»Sie wollte mein Glück zerstören«, rief die Kosboth und sah den Drosten an, damit auch jeder bemerkte, was und vor allem wen sie mit ihrem Glück meinte.

»Sie hatte eine schwarze Seele«, sagte Philipp, der Hofmohr.

»Sie war eben doch nur eine von diesen Inselkrähen«, schniefte Bernhard von Plüschow. Er setzte nach einer Pause und mit einem leeren Blick hinaus in den Garten hinzu: »Leider, leider.« Er wusste, noch einmal unter uns gesagt, dass er fortan in Blüte stehende Kastanien nicht mehr ansehen konnte, ohne an die Gagern zu denken, ihren Duft, ihre Haut, ihr Lippen, ihre …

Alle Blicke wanderten hinüber zu Wilhelm von Raden, ob er wohl auch noch etwas gegen die Gagern sagen würde. Umso mehr überraschte er die Gesellschaft mit einer Frage: »Wer um alles in der Welt hat ihr aber den Totenschädel vor die Tür gelegt, von dem sie schrieb? Und wozu? Immerhin weiß ich, woher er stammt. Einer der Lakaien fand ihn, als wir den alten Gang freilegten zwischen Torhaus und Kirche, der zu unserer Freude auch einen Abzweig genau in den Kamin des Schlosssaales hinein offenbarte. Ich hatte den Schädel vorläufig in die Gruft gelegt und dann, ich gebe es zu, vergessen.«

Der Drost hatte nicht ganz ausgesprochen, als die Kosboth schon losschnurrte: »Ich habe ihn weggenommen und der Gagern hingelegt, als mir klar wurde, dass sie uns all das eingebrockt hat, den Mord, den Brand und die gegenseitigen Verdächtigungen. Ich konnte freilich nicht ahnen, dass ausgerechnet unser Philipp ihn zuerst finden würde und nicht die dreiste Dame, für die er bestimmt gewesen.«

Wieder richteten sich alle Blicke auf den Drosten. Der aber zeigte keine Regung und sagte nur: »Wir haben inzwischen noch mehr Gebein gefunden. Wo immer es herstammen mag, es wird jetzt seinen Platz in gesegneter Friedhofserde finden, nicht wahr, Pastor?«

Da erhob sich die Herzogin aus ihrem Sessel, so weit, wie es ihre Kräfte noch zuließen: »Schluss jetzt. Ihr seht doch, die Gerechtigkeit hat getan, was sie nicht immer tut. Sie hat gesiegt. Das muss genügen. Wir wollen den Tee in Ruhe genießen. Frau von Grabow hat sich schon den Mund verbrannt, weil sie so hastig war. Dieses eine heiße Opfer muss genügen, meine Damen, meine Herren. Pastor, sprecht ein kleines Gebet.«

Und Leithäuser hob an: »Wir danken Gott. Der Herr hat uns geleitet. Er hat uns das Böse gezeigt, und wir konnten ihm entgegentreten. Möge er der Gagern, die wir so verkannt, Gerechtigkeit widerfahren lassen …«

»Ach, was«, unterbrach ihn Durchlaucht und ihre wegwerfende Handbewegung war so energisch, dass ihr Schnupftuch in weitem Bogen auf das Parkett segelte. »Gerechtigkeit für sie wäre der Tod. Aber die Preußen werden für ihr schönes Kind schon sorgen. Sie werden es uns abkaufen.«

»Und wir werden den Preis hochtreiben«, nuschelte der Pfarrer mit verärgerter Stimme, wohl weil das Tischgebet so kurz hatte ausfallen müssen.

Dann widmete man sich dem Tee. In das Geklapper des Geschirrs hinein flüsterte das Lotchen bei sich: »Sie wollte, dass ich keine Fürstin werde, unerhört.« Das Mädchen ballte beide Fäuste und ließ sie zugleich auf seine Knie niedersausen. »Ich will es ihr zeigen. Ich will eine Königin werden.«

Nur Wilhelm von Raden, der ihr zur Rechten saß, hatte das gehört. Er sah die Prinzessin von der Seite an, als würde er sie erst jetzt wirklich wahrnehmen. Und – unter uns – er sah sie auch wie neu. Er sah sie auf einmal so, wie schon vor Wochen die Denner, die Malerin, sie gesehen hatte. Als erblühte Frau, die nun nicht mehr das Lotchen, sondern Prinzessin Charlotte war.

Raden ließ sich zu Unerhörtem hinreißen: Zum ersten Mal seit seinem preußischen Untergang und seiner Flucht ins Mecklenburgische lachte er. Zuerst war es nur ein Drucksen, das auch als Schluchzen hätte durchgehen können. Dann ein Brummeln in immer höheren Tönen. Schließlich mochte sich der Drost nicht länger beherrschen. Er lachte schallend, mit weit geöffnetem Mund und zur Decke gerichtetem Gesicht. Seine Augenbraue zuckte, sein kräftiges Kinn hob und senkte sich. Irgendwann traten ihm Tränen in die Augen. Niemand in Mirow hatte es bis dahin wissen können, aber nun wusste es die Hofgesellschaft: Von Radens Lachen war fröhlich und ansteckend.

Und deshalb wäre die Hofgesellschaft gern sogleich eingefallen. Sie wagte es nur nicht wegen der Etikette bei Hofe, über die vor allem Johann Ludwig Leithäuser mit vorgestülpten Lippen wachte, obwohl er doch, wenn wir ihn richtig verstanden haben, Lebensfreude als Gottesdienst ansah.

Erst als es Prinzessin Sophie Charlotte gefiel, dem Beispiel des Drosten ungehemmt zu folgen, stimmte die glückliche Kosboth mit ihrem hübschen Kätzchengesicht ein. Dann alle anderen. Zuletzt der Pastor. Sogar die Herzogin soll gelächelt haben, wurde später berichtet. Wenn auch schmerzlich, wie es hieß. Das Lachen aus dem Saal soll durch die geöffnete Tür bis weit in den Garten hinein zu hören gewesen sein.

Ehrfürchtig schwieg die Amsel.

Aber die Inselkrähen! Sie konnten es nicht lassen. Mit lautem Gekrächz erhoben sie sich. Sie fühlten sich freilich nicht gestört von der Vergnügtheit der Hofgesellschaft nach überstandener Gefahr. Sie meldeten vielmehr abermals Besuch an. Diesmal kam der Bote, Colonel David Graeme of Gorthy, vierspännig in einer prächtigen Kutsche vorgefahren. Und er kam angekündigt. Stolz prangte das Hannoversche Wappen mit seinen zwei Kronen und dem aufsteigenden Pferd auf dem Schlag. Eben donnerte die Kutsche durch das Torhaus. Laut schlugen die Hufe der Pferde, rasselten die Räder.

Der Colonel würde ohne Gefahr für Leib und Leben seinen Auftrag erfüllen, für den künftigen britischen König Georg III. um die Hand der Prinzessin von Strelitz anzuhalten. Er durfte einer freundlichen Antwort gewiss sein.

Noch im August desselben Jahres reiste Sophie Charlotte auf die britischen Inseln. Sie sah ihre Heimat nicht wieder. Englische Königin blieb sie 57 Jahre lang. Ein letztes Mal unter uns: eine beinahe unglaubliche Geschichte.

Nachsatz

Ich habe mir das Vergnügen bereitet, einige Motive aus bekannten Kriminalromanen zu verwenden. Mein Dank gilt deshalb Agatha Christie, Fjodor Dostojewski, Arthur Conan Doyle, Friedrich Schiller, Maj Sjöwall und Per Wallöö, Ian Fleming, Raymond Chandler, Wolf Haas, Edgar Allen Poe, Donna Leon, Tom Wolf und Georges Simenon.

Friederike Drinkuth hat mir im Mirower Schloss das Lebensgefühl des Barock vermittelt und dabei von Elisabeth Albertine und Sophie Charlotte geschwärmt. Rainer Schobeß half mit seinen Kenntnissen des Plattdeutschen.

F. P.

WEITERE OSTSEE-KRIMIS BEI HINSTORFF:

Frank Goyke | Mörder im Zug | 352 S. | 9,95 € | ISBN 978-3-357-01422-8
Frank Goyke | Mörder im Gespensterwald | 400 S. | 9,99 € | ISBN 978-3-356-01483-9
Frank Goyke | Mörder im Chat | 336 S. | 12,99 € | ISBN 978-3-356-01574-4
M. Joseph, M. Schümann | Herrentier | 304 S. | 12,99 € | ISBN 978-3-356-01519-5
Kim Lansky | Tödliches Fahrwasser | 248 S. | 12,99 € | ISBN 978-3-356-01520-1
Birgit Lohmeyer | Sokops Rache | 224 S. | 9,99 € | ISBN 978-3-356-01484-6
Birgit Lohmeyer | Wellers Zorn | 224 S. | 12,99 € | ISBN 978-3-356-01559-1
Emma Wittenstein | Der Teufel vom Ryck | 376 S. | 9,95 € | ISBN 978-3-356-01400-6
Emma Wittenstein | Aufruhr am Ryck | 352 S. | 12,99 € | ISBN 978-3-356-01827-1
Elke Pupke | Die Toten von Bansin | 304 S. | 12,99 € | ISBN 978-3-356-01603-1
Elke Pupke | Das Mordhaus am Wald | 288 S. | 12,99 € | ISBN 978-3-356-01826-4
Elke Pupke | Tödliches Geheimnis auf Usedom | 272 S. | 12,99 € | ISBN 978-3-356-01884-4
Pola Kayser | Der Mond ist kalt und dunkel | 256 S. | 12,99 € | ISBN 978-3-356-01604-8

Liebe Leserin, lieber Leser, wie hat Ihnen die Lektüre gefallen?
Wir freuen uns über Ihre Bewertung im Internet!

Die Deutsche Nationalbibliothek verzeichnet diese Publikation in der Deutschen Nationalbibliografie; detaillierte bibliografische Daten sind im Internet über http://dnb.ddb.de abrufbar.

1. Auflage 2014
Herstellung: Hinstorff Verlag GmbH
Lektorat: Dr. Florian Ostrop
Titelbild: mauritius images
Druck: GGP Media GmbH, Pößneck
Printed in Germany
ISBN 978-3-356-01871-4

FSC MIX Papier aus verantwortungsvollen Quellen FSC® C014496

ALS E-BOOK ERHÄLTLICH